我会一直陪着你
无论多久我都愿意

总要习惯
一个人

蕊希 ———————— 作品

湖南文艺出版社
HUNAN LITERATURE AND ART PUBLISHING HOUSE

博集天卷
CS-BOOKY

总　要　习　惯　一　个　人

目录
Contents

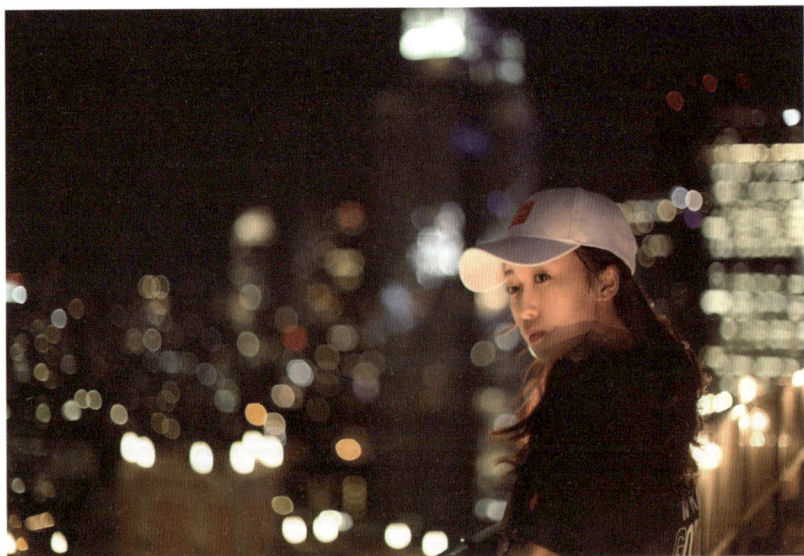

谢谢你来到我的世界

给了我那么多快乐和美好

谢谢你一直认真地爱我

让我不再对任何人或事感到不安和恐慌

我终于知道了我之前人生经历的所有的辛苦的意义

原来我所有的孤独和煎熬

都成了我走向你的路

自 序

2018 年 2 月 17 日，凌晨，失眠。

我发了条朋友圈，写道：

"希望在未来很长很长的日子里，我都还是那个，因为吃到喜欢的糖葫芦和烤红薯，因为看到一部可以把我感动到每集都流泪的美剧，因为司机大哥一个充满善意的提醒，因为清晨醒来的时候有刚出锅的亲吻，因为还能在今天去为自己和在乎的人做些事情，就开心好久的小女孩。真希望，你总能找到轻而易举的开心。"

真希望，我总能找到轻而易举的开心。

2017 年写我人生的第一本书《愿你迷路到我身旁》的时候，我说我从来没想过在我的人生标签里会有一个是"作家"，

我说我是一个不懂得任何写作技巧的人，

我说我是靠着我所有的真诚和我全部的二十几岁的人生把那本书写出来的，

我说那是我当时所看到的和正在经历的世界，

我说是那本书让我有机会把记忆摊开，去看看故事里有趣的人们，

我说谢谢你们给了我做成这件事情的勇气和决心，

谢谢你们的爱成全了我的梦想和我的当下与未来。

写完《愿你迷路到我身旁》之后，其实我没想过我会紧接着在第二年再写一本，我想着要再多沉淀几年，再多经历些事情。

但最后，我还是没忍住，我还是决定开始我的第二本书，我想继续用这种方式和你们聊聊天、说说话，我想跟你们多讲讲我这一年的生活和变化，我迫不及待地想和你们分享我的喜悦跟幸福，我也想告诉你们这一年我又吃到了哪些人生的苦头，记住了哪些命运的忠告。

我也想给自己的这一年做个记录，留个纪念。

这一年，我分手了，和谈了三年的男朋友。

这一年，我又恋爱了，在我分手六个月之后。

这一年我的事业遭受重创，被我原来的工作伙伴害得有点惨。

这一年，我重新创业，开了两家公司，有了一个很棒的团队，我们说好要一起做点"大事"。

这一年，我被人坑了上百万，钱不重要，教训比较重要。

这一年，我买了两套房子，一套给自己，一套给爸妈。

这一年，我又去了三个国家，长了好多见识，也听了好多故事。

这一年，我签售走了十几个城市，见到了好多可爱的你们，这是这一年中最让我高兴的事情，是真的特别特别高兴的那种。

这一年，我谈了一场很幸福的恋爱，和一个我很爱很爱的人，我很爱他，想和他，有个家的那种。

大概，这就是我的这一年吧。

但好像，我的这一年，也不是只有这样而已。

所以，还是想写写，才不枉经历一场。

无论你是通过什么方式认识我的，无论你因为什么样的原因翻开了这本书，

也无论你会看到哪里，在哪一个故事选择结束，

我都真诚地谢谢你来过。

谢谢你愿意掏出几十块钱买下这本书，

谢谢你愿意了解节目之外声音之外的我，

谢谢你愿意看我的文字和我对生活的态度。

我知道，我们一定有着不同的关于这个世界的想法，

我也知道，我们一定都各自怀揣着对于旧时与来日的心愿。

但我依旧满心欢喜地邀请你来我的故事里做客，

看看我心爱的人和事，看看他们平凡却又了不起的人生。

你可以在任何时间离开，也可以陪我一起走到最后。

不管你选择了哪一种，我都谢谢你曾经将你的时间交付于我。

我不知道当你看完这本书的时候会不会觉得今年的蕊希长大了一点，

我也不知道这本书里的文字是不是真的会比去年的更成熟一些，

但请你相信我，

我仍然在用我全部的真心与赤诚将它完成。

希望当你们看完这本书的时候，你们记住的不再只是我的声

音和外表，而是还有我的思想和信仰。

我今年 25 岁了，总觉得这个数字是个坎，

不再是 90 后的小姑娘了，也是个可以当妈的大人了。

我知道我一定无法保持一年出一本书的节奏，

但我希望我每写一本都能对得起自己和你们。

我不确定一年后、三年后、五年后，甚至更久的将来，

我在这本书里提到的人还会不会继续陪在我身边，

我也不确定那时候我的人生会是怎样的，会不会就如同此刻

我所期待的这般。

但我可以确定的是，我无比感恩我现在所拥有的一切，哪怕我终将面对失去的那天。

我总觉得写书的过程就好像是在完成一次自我的洗礼和净化，

我打开那个装满旧人和往事的匣子，重新审视那段时间里的自己。

我看着自己的阴暗面，也想象着来日的光芒。

写这篇文章的时候，我趴在床上，一个人。

房间里很安静，只有我敲打键盘的声音和耳朵里的音乐声。

忽然觉得很幸福，我还开心地活着，还做着无比热爱的事情，还拥有着陪伴了我这么久的美好的你们。

想跟你们表个白：

我是可爱的女孩子，你们是可爱。

（ 我是不是很会撩！！！ ）

人生真的挺难的，但人生也真的可以从艰难中找到很多幸福。

希望我们终于有勇气，和过去与当下的不堪，握手言和。

希望我们活得生动独立，无论处于怎样的境地，都拥有从容不迫的勇气。

　　希望岁月赐予你我如同往昔不变的明日，哪怕历经沧桑，也依然保持可爱与纯良。

　　愿你善待自己年轻的皮囊，也愿你拥有不会陈旧的有趣的灵魂。

　　愿你活在当下，即使深陷泥沼，也能活完一生的天真与骄傲。

　　愿，年岁渐长，但你仍如今日般无惧岁月风霜。

　　愿如此美好可爱的我们每一个人，
都能特别特别幸福地生活着。

　　谨以此书献给所有在我的生命中扮演着重要角色的人。

　　谢谢你们出现在我的生命中，让我知道何为"光芒万丈"。

　　人生苦短，才要念念不忘。
借由此书，牢记恩情与过往。

　　我是蕊希，欢迎你来到我的世界。
跟我，走吧。

世界欠我一个你，

是世界欠的，不是你

STORY

1

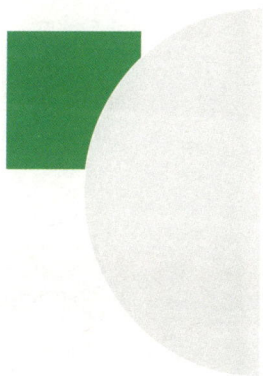

总 要 习 惯 一 个 人

Used to be alone

一

我和他，我们没有故事了。

上一本书里的梧桐先生，你们还记得吗?
那个我喜欢了好几年的人，那个对我很好的人，
那个我以为我们终于要在一起了的人。

后来，我们没有在一起。

他还是没能成为陪我走更远的路的人。
他只是我遥远的梦想和我等不来的归人。

他仍然在我触及不到的地方过着他的理想人生。

而我的人生里，终于，不再有这个人。

薛之谦的演唱会我们没有去看，已经买好的票我没有退。

演唱会的那天，他在北京，我去了别的城市。

从那天开始，我再也没听过薛之谦的歌。

听了，就会想起他。

所以我选择，不再想起。

那两篇文章，他看了。

看完之后，我们微信联系了，说要一起吃个饭。

可是后来，饭又吃了很多顿，但都不是和他一起了。

我们很少说话了，甚至连朋友圈的点赞问候都没有了。

我们不再开玩笑了，我们好像也不是朋友了 。

他去了杭州工作，我还是在北京。

听说他偶尔回来过，但却再也没有约过我。

我呢，去过几次杭州，但还是忍住没告诉他。

我在杭州买了套房子，真希望有一天他能来家里坐坐啊。

还喜欢他吗？

不喜欢了吧。

还想他吗？

偶尔吧。

我们已经很久没说过话了，我也已经有一年的时间没见过他了。

手机换了新的，聊天记录都被我清空了。

我再也没有翻过我们的合照了，我怕看了就会忍不住想念他。

我还是清晰地记得他的样子，只是不知道他现在是胖了还是瘦了。

眼前偶尔还是会浮现出我们以前在一起时开心的场景，

只是我明白，那快乐，以后再难有了。

人生就是这样啊，没那么多的两情相悦，也没那么多的久别重逢。

多的是，爱而不得和再也无法从头来过。

二

特别巧，写这篇文章的时候，看了眼日历，刚好是你生日的这天。

想跟你说句"生日快乐"，后来想想，还是算了吧。

以前想着，真希望有一天能把我自己当作生日礼物送给你。

但现在看来，不可能了。

写这篇文章的时候，我坐在巴厘岛的海滩上。

我抬起头朝远处望去，世界好安静啊。

耳边除了海浪的声音，就只有我想念你的声音了。

嗯，我有点想你了。

没有很多，一点而已。

我不知道大海、蓝天和这里的树叶有没有听到我对你的想念，

那，你呢？感觉到了吗？

以前我们都会和彼此分享近况，可是现在，我都不知道你过得怎么样。我也有好多工作和生活中的事情想要和你分享，但都

觉得不太好开口跟你说话了。

你怎么样了，现在的人生是你想要的吗?

你快乐吗，杭州待得还习惯吗?

有女朋友了吗，爸妈还催你结婚生孩子吗?

你为什么不理我了，我们以前不是好好的吗?

接着做回朋友吧，好吗?

我知道我等不来你的回答，但能这样问问你，和你说说心里话，也是好的。

我现在身边有人陪伴，也不会觉得孤单。

可当我想起你的时候，我还是会觉得生活有点艰难。

那天我妈问起你，我都不知道该怎么说了。

我对你的近况一无所知，这种和你的关系里的无力是我不曾想象过的。

原来，人和人之间，不是珍惜了就会长久。

真遗憾哪，失去你这么好的朋友。

这本书，你应该不会再看了吧，应该也想不到还会拿出一篇文章来写你吧。

一个原因是想给上一本书的读者们一个交代，我知道你们都很关心这个故事的后续进展。二是真的很久没跟你说话了，就在这里说说吧。

和我关系很近的朋友还会偶尔跟我提起你，他们好像比我还要遗憾现在我们之间的关系。还是缘分不够吧，几年的时间，几次机会，都还没能在一起。

我在上本书里写过一句话："有些人，正是因为得不到才美好、才重视、才弥足珍贵。"现在看来，真的是这样了。

对你的感情已经收口，这篇文章也差不多该结束了。

我们在彼此人生中的分量会越来越轻，到只剩下一点零星的记忆。

我们会和后来的人有新的故事，然后渐渐忘记了我们之间发生过的那些。

真没想到，我们也从"无话不说"走到了"无话可说"。

真没想到，绕了一大圈，我们又做回了不再熟悉对方的人。

这应该是我为你写的最后一篇文章了，还挺难过的。

这应该是我为你写的最后一篇文章了，还挺高兴的。

我坐在巴厘岛的海滩上，敲下这行字，抬起头，目光望向我所能看到的最远的地方，然后，用力地，把我对你的爱和想念都抛了出去，抛向那里。

对，那才是它们应该留在的地方。

或许多年之后，当我再次想起，当我再次来到这里，

我还会坐在和此刻相同的位置，寻找那个我抛去了爱和想念的地方。

上一本书，关于你，我用这句话作结：

你说，最后的最后，我们会有故事吗？

这一本书，关于你，我用这句话作结：

后来，我和他，我们没有故事了。

　　我们都曾为一个人莽莽撞撞到视死如归，最后却发现，他潇洒闯荡，退场得漂亮。不爱我又能奈你何，真实的世界本来就多的是阴错阳差。我会陪你一起老去，在你看不到的地方。

　　我们，没有故事了。
　　再见，我的男孩。

　　世界欠我一个你，是世界欠的，不是你。

人生漫长，

我们都好生走路

总 要 习 惯 一 个 人

Used to be alone

成长是无数次的彷徨无措，

无数次的茫然不知，

以及数不清的隐忍和坚强。

2017 年 5 月 7 日，我人生的第一本书《愿你迷路到我身旁》开始预售，我还记得我曾在那本书的序言里写道："我从来没有想过我会出版一本书，甚至在我跟出版社签了合同之后，我都很担心，我无法完成它。"对，那种担心是真实的。然而，我真的做到了。

我也记得我在写完上一本书的时候跟家人和朋友说过："我应该很多年后才会再写下一本吧，想再多沉淀几年，想再多一些有趣的人生经历。"然而，这一本，我还是决定在今年再次提笔。因为我想让我的文字陪我一同成长，我想要你们跟我一起见证，见证我从薄弱走向日趋饱满，见证我从无力到日渐强大。

　　你们知道的，我很少会在节目里跟大家说我的生活和我每一个当下的经历，但在《愿你迷路到我身旁》里，我和你们讲了很多过去那些年的我的人生。所以，现在你们看到的这本书，就好像是我们之间的又一个新的仪式，我要带着你们去看看你们听到的我的声音之外的这一年的我，看看我做过的抗争，看看我体会的幸福，看看我发生的变化和这一年间我行走过的地方。

　　或者，我们就在这里做一个郑重的约定，每隔一段时间，我们就在书里来一次深度碰面。希望我告诉你的这些故事，无论好坏，都对你的人生有所启迪；希望我传达给你的我的人生，无论悲喜，都能让你的生命中多一些快乐和值得珍藏的回忆。

　　我不知道这一本书我会不会写得更好，但我答应你们，我真的会很用心很用心地将它完成。2017年对我来说是值得被记录的一年，这一年我经历了分手，经历了事业上的波折，经历了重要的人的离开和得到之后的失去，经历了许多大大小小的打击和考

验。别人都说："蕊希，你今年本命年，过了就好了，本命年都
不顺。"我一直都不太喜欢这种说法，也不喜欢整天在朋友圈里
念叨都是本命年惹的祸，什么都不顺的人。人生的境遇和本不本
命年又有多大的关系呢？哪年没有坎，哪一步会没有困难。不好
的事情发生的时候，哪里还有时间去抱怨和怪罪，没有什么比得
过及时应对。

　　当困难和考验猛然来袭的时候，
　　我们不能被它们吓倒，也不该一味抱怨，

我们要挣脱束缚，抵御险恶，

我们必须，绝地反弹。

这一年我经历了很多幸福，我找到了很喜欢很喜欢的人，我
们有很奇妙的缘分，我被他很认真地对待，我也倾尽所能地为他
付出我的爱。

我们去了两个国家，八个城市，未来还要去更多更远的地方。
我们答应对方一定会好好珍惜彼此，我们说好要长长久久地跟彼
此在一起。尽管我并不知道我们能否有个好的结局，但我知道，
我们都在为彼此努力。

这一年，我掸掉身上的泥土，重整旗鼓，我和我的伙伴们重
新来过，再次创业。我们曾经不知所措，我们曾经害怕跌倒，但
我们很明确地知道，所有事情的发生都是好的征兆，只要别放弃，
只要对来路的一切心存感激。

这一年，我竟然也开了家公司，当起了老板，我的队伍日趋
壮大和成熟，大家志同道合，一起进步，每天都在变得更好，并
且对未来的岁月充满信心。

　　这一年，我从一个遇到问题就想逃避的胆怯无能的小姑娘，变成了一个不再畏惧糟糕的境遇，懂得迎难而上的团队领导人。就像 2017 年年底新榜在把我评为 2017 年度新媒体百大人物的评语中写到的："从'一个人听'的孤独，变成'蕊希'的坦诚，小姑娘的内心应该更强大了吧。"当时看到这句评语，特别想哭，那一瞬间有一种自己默默承受的情绪都被看懂了的感觉。我把这条消息分享到朋友圈，说了句："嗯，小姑娘的内心，真的更强大了。"

　　我记得之前看过一句话说："所谓成长，就是把哭声调成静音的过程。"从有了压力有了不悦就想找人分担，到终于学会了默不作声地自己消化；从总是试图在别人那里寻求理解和宽慰，到终于明白了人生的苦和累要自己承担；从大张旗鼓地告诉别人你的失落和不堪，到终于懂得了笑着说上一句"我没事，没什么大不了的。"——这种转变，并不容易吧。

　　如果说生命的过程就是在不断地完成自我重塑，

　　那我想正是所有的不如意激发了我们打破自己然后再次修炼的潜能。

　　你会变成了不起的自己，了不起地向着困难进发，了不起地不再惧怕。

一

我25岁，他45岁，我们相爱了

写这篇文章之前我一直在想，我到底要不要告诉你们我现在不是单身，我开始恋爱了这件事情。我怕你们知道之后会觉得我不再对你们的失恋和迷茫感同身受，怕你们觉得我们彼此之间的陪伴和信赖不再那么牢靠。

但想来想去，我还是决定告诉你们我真实的感情状况，我不想对你们有所隐瞒，不想明明拥有着幸福，却告诉你们我也如你们一般正在经受爱情的折磨。

我想你们是希望我幸福的，就像我看到有的粉丝在留言中告诉我"已经愈合情伤，和心仪的人走到了一起"时会高兴一样。因为，我们是陪伴着彼此走了好长一段路的人，我们都一样，哭过笑过，欣喜过也失望过，我们都曾在感情里受伤，但也都在完成着救赎和成长，我们都由衷地希望对方能找到幸福。

所以，我想第一次很正式地告诉每一位看到这篇文章的你们：

我遇见了一个很棒的人，我们恋爱了。

我想把我的快乐和喜悦都告诉你们，我也想你们对未来抱有信心，良人总会出现，你要保持乐观。（看到这本书的你，算是拿到了我的恋情第一手资料的人，之后我并不打算在微博或者其他渠道公开，只想在这里悄悄地告诉你，算是，我和你之间的小秘密，感谢你愿意翻开我的书，愿意了解我的人生。）

我想跟你们说，虽然我现在不再是一个人，虽然我已经走出了失恋的阴影，但这并不代表我不再深切地懂得你们的难过和悲伤。甚至，我比从前，更加懂得。我知道你们对于长久而美好的爱情的向往，也知道你们对于放下旧人重新开始的有心无力。因为所有的情绪，我都真真切切地体会过，我懂。

可是你们知道吗，爱情它需要也值得我们耐心地等待。
太容易来的东西应该也无法停留太久吧，
你要给爱情时间，也要给那个人时间，
来路遥远，你要让他，慢慢来。

跟你们说说我和他吧。

他比我大……20 岁，哈哈哈，没跟你们开玩笑。

我 25 岁，他 45 岁。

是一个可以当我爸爸的年纪，但，我们之间有了一种叫作爱
情的东西。

那种东西，特别美好。

我是个对小鲜肉不太感冒的人，身边的朋友每天都念叨着这个小哥哥、那个小弟弟的。

他们确实都很帅，但都不是我的菜。

我就喜欢中年大叔，不油腻、很清爽的那种。

后来他跟我说，他从来没想过会跟一个1993年出生的姑娘在一起，但他觉得我不像那么小，他觉得我的心理年龄差不多30岁。

后来我跟他说，我从来没想过我会跟一个比我大20岁的人在一起，但他看起来很年轻很有活力，心态也不像70后的男人，要我说，也就35岁。

后来我们总是打趣说，实际我们的年龄差只有5岁。

管他5岁还是20岁，又能怎样呢。

我喜欢他，无关年龄。

我喜欢他，喜欢他大我20岁的思想和灵魂，喜欢他的头脑和他仍有的单纯。

我喜欢他，喜欢他只给我一人的温柔和像个孩子般的可爱动人。

我喜欢他，喜欢他不被岁月打磨的信仰和刚强，喜欢他浅浅的细纹里藏着的睿智和沉稳。

我喜欢他，喜欢他的小毛病，喜欢他的不完美，喜欢"他也喜欢我"这件平凡而伟大的事情。

我们，互为粉丝。

就像很多人的成长里有个琼瑶，他就是那个曾走进我的年少的人。

尽管从前我们互不相识，但他却在用他的方式陪我长大，陪我走过青春。

他听我的节目，他说他喜欢我的声音。

这件事，去年刚刚发生。

他第一次知道我，是我受邀给某个平台录制节目。

"我听到那期节目之前的半个月，我的粉丝刚给我推荐了那个平台，所以那段时间我就经常听，如果你晚点才录那期节目，我应该就听不到了。点开你音频的时候，我正在电影院等开场，你一张口我就觉得像是全身被雷打到了，然后我也没管电影开没开始，就一直听你说，直到你说完。如果声音是一门表演的话，那你的声音应该是影后级了。"

　　（喂，撩我就撩我，这也太夸张了吧。）

　　这是他在听到我的声音之后，在微博私信里给我发来的话。

　　他说从那期节目里，找到了我的联系方式，关注了我的公众号，听了我好多的节目，然后来微博找到我。

　　也就在他找到我的时候，我才知道，

　　原来他就是那个，一直在陪我成长的人。

　　我怎么也没有想到，多年以后，我们竟会以这样的方式相遇，他就那样出现在我面前。

　　我怎么也没有想到，我们的人生会有交集，他的名字将会被刻进我的骨髓和生命里。

　　还有比这，更美好的事情吗?

　　缘分真好，把你带来我身边。

　　第一次见面，光棍节。

　　我找了一家四合院里的咖啡厅，院子里有很多只猫，很乖巧。我们周围有两桌客人，很安静。

我化了很精致的妆，穿了套很满意的衣服。

当时去见你的心情和爱情无关，准确地说，我是去见偶像的。

你到得很早，我晚了半个小时才到。

但还好，我没迟到。

后来我才知道，你最讨厌迟到。嗯，我也是。

我站在屋外张望，看到你，你坐着，冲我笑。

我走近，你起身，又和我一起坐下。

我小鹿乱撞，很激动，可能还有点脸红。

红就红吧，反正，我自己也看不到。

你看我脸红，应该，很高兴吧。

那天晚上，两杯茶，几块饼干，我们聊了四个多小时，很开心。

你说得多，我说得少。听你说话，很享受。

你长得真的不帅，个子也不算高，但很有魅力很有修养，谈
吐举止都那么得体大方。

你声音好听，爱笑，风趣，真诚，是个性情中人。

我喜欢，但，不是那种喜欢。

第一次见面也不能聊得太晚，我一个女孩子总还是要矜持
一点。

虽然，还想和你继续聊下去，但我知道时间差不多了。

你说要送我回家，我婉拒，你礼貌地目送我离开。

回家的路上，我心情很好，你和我想象的有出入，比我想象
的好很多。

尽管我也在质疑有些东西会是第一次见面的伪装。

但我愿意相信，真实的你就是我当晚看到的样子。

谢谢你，后来的你并没有让我失望。

六个月后，我们在一起了。

就觉得冥冥之中总有一股力量把我牵向你，从孤零零的一个人，到被你宠溺地抱在怀里。

也不知道是什么时候开始，我对你产生了男女之情的那种喜欢。

我只知道，每次收到你的微信我都很开心，每次听你发来的语音我都很幸福，每次跟你见面我都好紧张。明明约好了晚上七点才见面，可我早上七点就起床开始拾掇。这些，你都不知道吧。

和你在一起之后的那种幸福，是很难用文字表达清楚的。

那种强烈的幸福感一直延续到今天，并且还将持续不断地浸透我未来的人生。

这一年，我们一起去了纽约又去了伦敦，在一起的那些天让我们更加确信对方的出现是上天赐予的一场美好的安排。我们回到彼此的家乡，告诉我们的家人朋友："你们放心，现在有他（她）

陪在我身边。"

我一直都记得，他跟我的父母说过这样一句话，当时我就特别感动，我觉得那比任何情话都好听。

他说："我是一个特别需要自由的人，但遇到她之后，我就决定我不要自由了，我把我的自由都交给她。"

好浪漫！！！写完这句话我都要哭了！！！
谢谢你，谢谢你这么说，谢谢你愿意把你最珍贵的自由交给我。
不过，你，放心。
我会永远让你保留你该有的那部分自由。

这一年，你用你的人生经验教我处世教我应对险境，你用你的生命态度告诉我该如何给自己的人生设立规则。

你是那个在我特别需要你在我身边，你就会改签机票立刻出现在我面前的人；你是那个会做好早餐端到我面前把食物塞到我嘴里的人；你是那个会陪着我一起无聊地说冷笑话的人；你是那个会给我公主抱的人，是那个无论在干吗都会一直牵着我的手的人，是那个会把我霸道地搂在怀里在我脸上猛亲一大口的人，会坚持每天早晚无论在不在身边都跟我说早晚安的人；你是那个会为了尽量给我更多的安全感，而经常告诉我你在哪里在做什么的人，是喊我"宝贝"的人；你是那个安静地听我讲完我的困难，然后立即告诉我解决方法的人；你是那个夸奖我赞美我也会告诉我"你不应该这样，你这样不对"的人；你是那个说对我有信心、说你看好我、说我会越来越好的人；你是那个让我放松做我自己，不必有多余担心的人；你是那个带我去更广阔的天地里看世界闯世界的人，是在引领我去往更好的人生方向的人……

我一直都记得我们在一起的第一天你跟我做的那个测试，你说这个测试会让我们知道我们应该在日后的相处中如何更好地为对方付出。

有一本书叫《爱的五种语言》，里面写这五种语言是：
赞美的言辞，身体的接触，服务的行为，礼物的馈赠，精心的时刻。

你说我们各自在纸上写出两个顺序，一个是你会主动为对方付出的顺序，另一个是你希望对方为你付出的顺序。

我觉得这个测试特别好，它会让你在这个题目做完之后立刻明白对方在这段关系里真正的需求，以及他需求的主次。也就是说，让我们的感情里少出现一些"我需要的是一筐苹果，你却给了我一筐梨"的状况，也让双方的付出都更有价值，更容易得到理想的回应，让爱的舒适度变得更高。

这个测试对日后我们之间的相处产生了特别大的积极影响，当你知道他想要什么，那你自然会努力地给他更多他想要的东西，而不是自以为是地去给他那些你以为他想要的东西。所以也想在这里把它分享给你们，希望会对你们的感情产生帮助。

这段感情和我之前经历过的最大的不同就是，这是一段能称之为成年人世界里的成熟恋爱的恋爱，我们两个人互相理解并且善于沟通，不拘泥和过分纠结于无意义的小事，也不怠慢任何重要的节点和时刻。我们充分尊重对方的独立和自由的空间，我们用成年人的思维去处理我们的感情中各种各样的状况，我们善待我们的爱情，也期待爱情会回馈给我们一个圆满的结局。

在上一段感情里我是一个很暴躁的人，两个人都习惯用吵架来解决问题，久而久之两个人之间的问题没有得到解决，爱情却彻底被时间"解决"了。可能是"一物降一物",在和他的这段感情里,我变成了一个不会发脾气的人,不是不敢,也不是不能,而是不愿意,不愿意发脾气,也不觉得自己应该发脾气。我觉得我们就应该甜腻腻地爱着,遇到矛盾就心平气和地解决,然后接着过我们的好日子。

和成熟的人谈恋爱的感觉是,你会觉得自己整个人都被升华了,你会变得可爱变得回归简单。我喜欢这段感情里的我自己,不仅是不作不闹不任性没脾气这一点,而且是,我真的比从前更会经营爱了,也真的成了更好的恋人。这种改变不是被迫发生的,而是一个优质的爱人给你的积极影响。

大家都说我们要感谢前任,是前任教会了我们如何在下一段感情里更好地去爱,以前我也是这样想,但现在我不完全认同。

真正让你学会更好地去爱的,不是你的前任,也不是过去的经验教训,而是当下出现在你生命中的这个人。当你看到他,你就知道,你该怎样去爱。

当你们看到这篇文章的时候,我们已经在一起一年多了,很

幸福。

他经常会跟我说起一句话。

"相信比较幸福。"

刚开始我也不太明白，后来说得多了，我开始细想这句话。

就是啊，人世间所有的事情所有的关系不都是这样的吗，相信，真的就会比较幸福。

这句话，现在，我也要送给你们。

愿你们相信自己，相信当下陪伴在你身边的人，相信即将来到你生命中的人，相信你的父母、家人、师长、伙伴，相信你的那些不如意的过去，相信你这一刻就将迎接的未来。相信人性，也相信善良，相信岁月，也相信我们坚强的生命。

此时，有一段话想对你说：

从过去到现在，我看着你在你的作品里讲的故事，慢慢地竟也变成了一个说故事的人。从对爱情的一无所知到开始拥有成熟的感情观，这一路都要谢谢你和它们的陪伴。我们都在生活里跌跌撞撞，但好在无论现实怎样，我都还能在你的作品里看到信仰

和希望。愿你的好作品能陪更多人长大，愿它们都能成为经典被
记住和珍藏。

谢谢你来到我的世界，给了我那么多快乐和美好。

谢谢你一直认真地爱我，让我不再对任何人或事感到不安和恐
慌。

我终于知道了我之前人生经历的所有的辛苦的意义。

原来，所有的孤独和煎熬，都成了我走向你的路。

这样看来，那些辛苦，真的，都值得。

我知道，你会看完这篇文章，我知道，看完之后你会笑我。

未来的日子，我们要继续好好相爱。

我会一直陪着你，到很远很远的地方。

二
愿你一生周全，
继续行走在风光无限的路上

你有没有想过我们到底是为了什么而活。

常常听到的答案是为了遇见更好的自己，为了过上更好的生活，为了给爱我们和我们爱的人更好的未来。

可是，你有没有想过，其实有些时候我们不一定是为了迎接更好而活。

而是为了避开糟糕和坏的事情而活。

生活不会每天都有惊喜，也不是每天都值得撒花庆祝，没有意外状况发生，就已经是很好的事情了，就已经值得我们珍惜和庆幸了。

所以,哪怕是为了避免不好的事情和你不希望发生的事情发生。我们也该多一点再多一点努力地生活，对吗?

从前我是个喜怒形于色的人，难过和开心都写在脸上。

从前我是个胆怯懦弱的人，一遇到困难就想着向别人求助。

可是后来我发现，哪儿有那么多人有时间来将你解救，真正能让你走出困境和僵局的，往往更是你自己。后来，我终于学会了把所有的情绪都丢进深夜的被窝里，丢进旁人都沉睡了的夜晚，丢进不被打扰的凌晨的情歌里，那里有我所有的瞻前顾后、犹豫不决、心灰意冷和不堪重负，然后，所有的这些又都在这个晚上死去，默不作声，不被察觉。

这一年，我经历了事业上比较大的波折，要么认输低头，要么打碎了牙往肚子里咽，骄傲地站起来，重新来过。最难的那段时间，连着几天都没合过眼，一吃东西就想吐，连喝水都觉得是在浪费时间。

那段日子，是真难啊。迷茫，慌张，不知道明天在哪里，不知道自己能不能挺过难关。

刚开始的时候，也没有心情去想解决的办法，只是难过、只是无奈、只是觉得自己的人生怎么就那么艰难。可是，总归还是要在逆境中站起身来的，我清楚地知道，我不能再逃避了，我必须理清思路，成熟地面对我遇到的状况。

现在的我，很好，并且一直在努力做得更好，我也对我的未来充满信心，坚定不移。

我还记得后来公司和团队的运作都渐渐步入正轨的时候，有一次又遇到了一点小状况，妈妈从朋友那里听说，担心地打电话给我，让我千万别着急上火，要沉着冷静。可是妈妈不知道，我已经没她想象的那么脆弱了。没关系的，我们不都是在这些磕磕绊绊中慢慢站起来学会走路的吗？

有人问，人的成长要多长时间，要经历多少大风大浪。

如果让我说，一次就够了。只要你真正地完成了一次重新站起来的过程，你就会从此找到方法，并且不再会轻易地对困难产生惧怕。

这一年过后的我，不敢说能承受起生活中任何的打击。

但我想，我一定有勇气去面对我眼前的困难。

我想感谢，感谢这一年无论我风光还是处于低谷，都陪在我身边的家人、朋友和伙伴。

感谢你们在这一年给我的鼓励和安慰，感谢你们用各自的方式支撑我，陪伴我。

谢谢你们。

感谢，感谢所有在看这本书的我的粉丝和听众。

这一年，从"一个人听"到"蕊希"，我经历了很多的难以言说，也渐渐参透了更多人生的大小道理。今天，我想再一次很认真地对你们说：谢谢你们的不离不弃，谢谢你们一直在我身边，谢谢你们给我的爱。

是一个个手机那头素未谋面但却彼此懂得的你们给了我勇气，是一个个不同行业、不同年龄、不同城市，却有着对爱对人生的同样的坚定和善良的你们，给了我对于未来岁月的信心。

总 要 习 惯 一 个 人

used to be alone

谢谢你们。

这一年，我又去了三个国家，十七个城市，看到了更辽阔的世界，也感慨当下的日子就是最好的时光。这一年，我走出困境，却因为这困境过上了更棒的人生。这一年，我没有变成自己讨厌的样子，我喜欢现在的自己，自信，独立，潇洒，坦坦荡荡，底气十足。

我知道，前路依旧会有荆棘险阻。

但我定会，加倍努力，时刻珍惜，心存感激，不负众望。

希望，你也一样。

愿你我都能成为那种，一旦认定了什么，内心就无比坚定的人。

愿我们都能在那份坚定中，不计较得失后果，只是踏踏实实地向着你认准的方向，步履坚定地前进。

人生漫长，我们都好生走路。

谨以这篇文章献给每一位正在努力生活着的人。

献给所有摸爬滚打在向前行走的道路上的人。

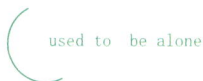

献给曾经失落过或者正在经历失落的你。

献给受过伤、跌过跤，却从来没有向生命低头认输的你。

献给每一位爱过、痛过但依旧期待爱、相信爱的人。

愿你永远坦荡善良，不惧风霜。

愿你一生周全，继续行走在风光无限的路上。

"你说，

我们会一直这样快乐吗？"

总 要 习 惯 一 个 人

Used to be alone

上海机场，取行李的路上，我们看到了萧伯纳的名字。

男友扭过头来看着我："我跟你说过吗，我很喜欢萧伯纳的一句话。在地球上，大约有两万个人适合当你的人生伴侣，就看你先遇到哪一个。"

"那你遇见我遇见得太晚了，等了四十多年才等到。我就幸运了，二十几年就遇到你了。"我说。

"对啊，我一共有两万个呢！"他一脸贱贱的表情冲我说这句话。

我嘟着嘴看他，假装满脸委屈。

心想："切，屁嘞，还两万个，你早都归本姑娘了。哈哈哈。"

然后我们就这样一路打打闹闹说笑着走出机场。

喂，能和你在一起，真好啊。

谢谢你在人群中望向我，谢谢你把你生命的悲喜欢愉交付给我。

谢谢你给了我一场很棒很棒的爱情。

前几天，他在看电影，我坐在他身边敲键盘，写着写着我扭过头去对他说："我觉得我写这本书的时候，我的文字状态和上一本不太一样。"

"你更幸福了，文字也跟着幸福了。"他说。

听他说完这句话，我甜滋滋地笑出了声。

都说人在悲伤的情绪中和低落的状态下比较容易创作出好的作品，阴郁的情绪更能刺激内心的表达。就连我的编辑老师在我开始写这本书之前也跟我说："估计你这本书会写得比较慢，人在幸福的状态下比较没有表达的欲望，比较难有多愁善感的情绪引导文字。"

但说真的，我非常期待我将这本书的书稿完成的那天，我也非常期待它能早一点和你们每一位见面。在我的第一本书《愿你迷路到我身旁》里，大多故事都是难过的，那时候的我不快乐，所以那本书里的文字也没有太多幸福感可言。我想要你们在这本书里认识一个不一样的蕊希，我希望你们看到我这一年的变化，我想和你们分享我当下生活中全部的美好。然后，让那些美好变成你们人生中的光芒和力量。

之前看过两部电影，一部叫《请以你的名字呼唤我》，另一部叫《老师，我可以喜欢你吗？》。两部电影都是我非常喜欢的作品，看完之后共同的感受是：两情相悦真的是这个世界上特别特别美好的一件事情，爱能得到回应真的太难也太幸福了。而人，要懂得惜福，因为，幸福不易，幸福难寻。

写到这里的时候，我突然想起了一个多月前的一天晚上，我们一起去北京的鼓楼西剧场看戏，剧场外面两三百米的地方有一家很不起眼的小餐馆，很简陋，东西很便宜，却好吃极了。每次去那儿看戏我们都会提早半小时到，满足地吃一餐。

那天晚上，很冷，我穿得很少，没戴围巾，露着脚踝。

吃完，很饱，走出餐馆，他搂住我的肩膀，用力地把我往他的怀里拉。

路灯很暗，身旁没有其他行人，步调很慢，气氛很浪漫。

虽然我身旁的这个人并没有很高很壮，但在他的臂弯里，我感到从未有过的安全。

"我们会一直这样快乐吗？"

还没等我接话，他又说："我们，要一直像现在这么快乐，好不好？"

"好。"

我好幸福。

听他这么说，我好幸福。

我抬头看了看他的脸，那张没有精致的五官但却让我无比着迷的脸。

真帅啊。

说出这个"好"只需要一秒，但我知道这个字和这个问题的分量。

我们很少有类似这样正经且浪漫的对话，我们都不愿在言语上向对方承诺太多，我们的内心都无比清楚地知道我们希望这段感情的去处是哪里，我们不想总是把"未来"和"以后"挂在嘴上，而是期盼着能真的抵达我们想要的"远方"。

我暗自想着："要成熟，要可爱，要值得拥有我身旁这个男人给我的爱，要为他付出更多的爱，并且，永远不会在付出之后，过分期待。"

常常有人问我："蕊希，你说真正厉害的爱情是什么样子的？"

真正厉害的爱情哪，就是你明明知道这世界上还有一万九千九百九十九个可能适合当你人生伴侣的人，但你还是坚信此刻陪伴在你身边的这个人，就是唯一能和你创造最好的爱的人。真正厉害的爱情是，你们都能在这段关系里妥善地安置好自己，分开的时候做个大人，在一起的时候变成孩子。真正厉害的爱情是，你心甘情愿地接纳对方的瑕疵和伤痕，并始终将他（她）视为上帝给予你生命的恩赐，对你们的相识始终充满感恩。真正厉害的爱情是，永远对你们的感情保持敬畏和初心，你对自己和对方一直怀有信心，两个懂得如何经营爱情的聪明人一如既往地努力和懂得彼此珍惜，朝着共同的方向步调一致，虔诚而专注。

《爱你，罗茜》里有句话说："你应该找一个时时刻刻都爱你的人，一个永远陪着你的人，一个爱你全部的人，特别是你的缺点。"这个世界上哪儿有什么所谓的百分之百完美的另一半，不过都是彼此在完成着一次又一次的打磨和牺牲。

遇见你之后，我把自己打碎，我保留下那些我不可被任何人或事动摇的部分，然后其余的那些我就通通都交给你来帮我重新组合，变成能和你更加吻合的形状。因为我知道，当我遇到一个人，当我爱上这个人，当我决定要将自己的身体和灵魂都交付给这个人，我就不再是从前的那个我了，我只留下一半的自己，甚至更少，其余的，都归你。

我愿意为爱做这样的改变，它让我成为真的"我"，它让我开始完整。

我喜欢和你在一起消磨时间，我喜欢和你在一起天南海北。

我喜欢我们各自努力赚钱为了更自由地生活，我喜欢我们相互搀扶走更远更远的路。

我喜欢你，喜欢说要和我一直像现在这样快乐的你。

我喜欢你，喜欢喜欢着我的你，喜欢从来不给我承诺但我相信不会被辜负的你。

我会更喜欢你，远远超过喜欢我自己。

愿我们不求结果，无问前程，只求善待相遇，不忘初衷。

愿我们生而明亮宽宏，爱得厚重开阔。

愿我们把今天当作在一起的第一天，也把今天当作在一起的最后一天。

愿我们热情，慎重，并且永远记住相爱的感受。

　　喂，能和你在一起，真好啊。
　　谢谢你在人群中望向我，谢谢你把你生命的悲喜欢愉交付给我。
　　谢谢你给了我一场很棒很棒的爱情。

两情相悦真的是这个世界上特别特别美好的一件事情，
爱能得到回应真的太难也太幸福了。
而人，要懂得惜福，
因为，幸福不易，幸福难寻。

后来我们什么都有了，

却没有了我们

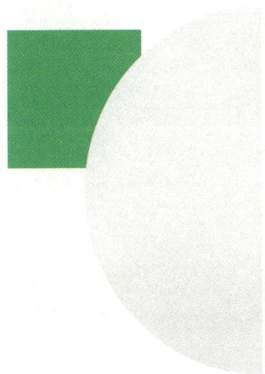

总 要 习 惯 一 个 人

Used to be alone

后来我终于明白，人这一生的大部分遇见，都是为了最终的分别。

重要的不是你们的故事在哪里戛然而止。

而是，在故事发生着的那些年岁里，你们如何对待彼此。

因为，当人到暮年之时，回忆当初，

唯有真切交付的深情，才最珍贵，也最不能遗忘。

终于还是决定用这本书里的一篇文章来写一写你，虽然我们的分手并不体面，虽然爱到分道扬镳的那一天我们都没能好好地说上一句再见，虽然我们在一起的时间中我们真的有过挺多不悦，虽然我并不太想再提起我和你一起走过的那些年，但我还是觉得，

我应该要用些文字来为我们的爱情做一场真正的了结，也想让你
知道，其实我并没有后悔过当初我们的遇见。

　　谢谢你出现在我最渴望恋爱的年纪里，谢谢你曾经奋不顾身
地为我做出改变，谢谢你让我平凡的生命开始有了我自己都不曾
料想的意义，谢谢你用你自己的方式宠溺我、爱护我，谢谢你让
我看清并且懂得了自己，谢谢你陪在我身边，爱了我，三年。

　　嗯，谢谢你。

　　如果我们能提前了解未来将要面对的人生，
　　你还有勇气前来吗？你还会无畏结果地选择相爱吗？

　　如果你问我，嗯……
　　那我就在这篇故事的结尾告诉你答案吧。

　　我们和所有恋爱中的情侣一样，说好了要一起走很远很远的
路，无论多久都不分开。我们和所有期待美好结局的人一样，相
信我们就是彼此一直在苦苦寻觅的爱人。于是我们爱得炽热真挚，
毫无保留。

然而，是生活让我们渐渐发现，

两个人要走到一起，谈一场被称为"恋爱"的东西，这很简单；
但，想携手行至暮年，想不在时间的洪流中被猛然冲散，

却是比相爱本身要难得多的事情。

原来，真正考验爱情的，不是狗血的剧情，也不是距离或者
时间。

真正考验爱情的，是平凡的岁月里，你我之间的那些最稀松
平常的小事。

"那个……要不咱们加个微信吧，微信聊。"
你是通过微博找到我的，我们真正的交往是从微信聊天开始的。
那时候我还不知道，后来的我们会发生什么样的故事。

你没有多帅，但有我喜欢的好听的声音，一张口就能撩到我
的那种。

你没有钱也没有房，但你有我欣赏的才华，能写出让我脸红
心跳的歌的那种。

你有我满意的大十岁的年龄差，但你却没有我讨厌的大男子
主义。

你个字很高，有肌肉，很结实，虽然你不懂浪漫，从来不会给我惊喜。

你细腻、体贴、很喜欢我，但你却始终，不懂我。

你善良、憨厚、有爱心，但你却始终学不会，如何跟一个原本陌生的姑娘长久地相处。

总之，三年前的我，喜欢那样的你。

尽管我并不确定我和你之间，会有怎样的结局，

但我确切地知道，我想和你，有段故事。

所以我主动，主动说喜欢，主动想要在一起，

但我没想过的是，最后主动说要分开的，也是我。

我是个不太容易开始一段感情的人，宁愿一直单着，也不想凑合着跟谁在一起。要知道，跟一个没多喜欢的人在一起，可是一件比自己一个人孤独地过日子，还要可怕的事情。

我们在一起的过程很俗套。

加了微信之后，每天都从早到晚地聊着，那时候最幸福的事情就是趴在被窝里和你聊到困得睁不开眼睛。那时候觉得人生真美好啊，每天都甜腻腻地生活着。后来你经常来我的城市找我，

你很坦诚地告诉了我你过去的经历和我不曾参与过的生活，让我大跌眼镜，让我一时之间没那么容易接受。但，我喜欢那种坦诚，喜欢不被敷衍，喜欢你诚恳的态度。

如果拿那个时候，拿三年前的我们和后来走到分手时候的我们做比较，我们有了更多的钱，也做了些了不起的会被记住的事情。我们获得了从前不曾想象过的快乐，也经历了彼此都没有预料过的人生，可是，光阴却还是选择把我们拉开。

都怪光阴吗？不，怪的是，不同路的两个人，无论怎样努力地向前行走，终归还是会在短暂的相交后，日渐疏离。怪的，不是时间，是不同世界的我们。

想到了那句话：

"后来，我们什么都有了，却没有了我们。"

在一起之后的日子，现在回忆起来，算是快乐的，不然也不会有三年。

就好像后来分手之后，有人问我，为什么能跟你在一起那么久。

我没回答。

对方想想说："一定是快乐要比痛苦多，不然，不会有三年。"

你很会照顾我，也很愿意包容我的任性。你有你的情怀，也有我喜欢的专注和认真。我们一起去了很多地方，也一起从零开始发展事业，我们一起懒惰，也一起勇往直前。我们生活得越来越好，我们对未来的期待也开始变多，我们一起处理工作，也一同打理生活。可就在这样的过程中，我们的"不适合"暴露得越来越多。我们开始不满，开始争执，我们在许许多多平常的小事中发现，原来我们竟是如此的不同。

我记得很久之前听到过一句话："有些人，只能共苦，却无法同甘。"
当时觉得特别奇怪，心想是不是说反了。

现在，我明白了。
有些人，你们只能一起并肩走过艰难，却无法在一起享受来日的美好。
今生，你们的缘分也已经破碎在了数得清的今时和明日里，剩下的，或许还有来生。
这真是我所能感知到的最大的悲伤。

是我们变了吗？不，我们都没变。

我们还是当初的我们，有锋芒，有锐气。

我们没变，只是我们都没发现，其实我们从一开始，就是不同世界里的人哪。

你知道，当你对一个人开始动情的时候，好感会蒙蔽掉你对他的更多深层的了解和判断，你愿意发自内心地相信，对方就是你一直在寻找的那个"对"的人。你只是大概看看你最关注的那几个匹配项，不再过多地思虑什么。

可是，恋爱不是只有谈情说爱，还要经历是非，经历大小的人生考验。你们的三观真的有你最初以为的那般一致吗？你们未来想要选择的生活方式真的有那么相配吗？你们的为人处事和关于生命的思索真的能达到你期望的契合度吗？

答案我们都很清楚。

有些关系是无法磨合的，就像很多失散了的人永远不会重逢。

我们的争吵越来越多，虽然从来都是很快就和好，但不得不说，那些争吵让我无比厌恶，一次比一次厌恶。在一段感情里，一方点火，那另一方就该尝试灭火，谁都不肯退让的后果就是，每一次争吵都会变成两个人感情里巨大的裂痕。当这样的画面越来越多，那我们在彼此心里的美好就会被挤压得越来越少。我开始讨厌我们的相处模式，开始讨厌暴躁的你，也开始讨厌同样不懂得控制情绪的我自己。

之后，当我遇到后来的人的时候，才明白，其实真正好的爱情不是争吵之后的立刻和好，不是对方肯为了你包容你的胡闹和脾气，而是，你们在对方面前都变得柔软变得光滑，变得不再有会将对方刺痛的棱角，变得稳定而舒畅，变得温润而平和。

我是个不喜欢在分开之后就去抱怨曾经的感情和对方的人。那个人是当初你自己选定的，那么你就该欣然接受之后的变故和如今你眼前的他。所以，写到这里，突然不想再继续深究或者回忆我们两个人之间的那些不让人高兴的经历了。谁都有错，谁都没能成为那段感情里合格的恋人。

这三年间我有很多次在想，出现问题的时候就忍忍吧，就算分手，就算换了别人，又能怎样呢，和新人之间就会没有状况发生吗？可后来，当失望积攒得够多了的时候，我终于想通了，我们必须在一段段失败的感情中逐渐学会哪些事情是需要包容和接

纳的，哪些事情是无法忍让的，边界分明，懂得及时止损，才是成熟的恋爱，也才能让感情愈发厚重。

我记得我们分手的那段时间你经常掉眼泪，一个大男人在我面前哭，我真的不知道该怎么应对。有一次你指着手机里我们刚在一起的时候拍的照片，跟我说："真想回到三年前的那个时候，我们都还是三年前的样子，你看，那时候你笑得多开心。我们回到过去好吗？然后，从头再爱一次。"

多让人难过的话啊，这大概是我在偶像剧里才听过的台词。

不会了，回不去了。

如果凡事皆能重来，我想人生的不圆满定会比圆满更多。

对，是不圆满比圆满更多。

你们能明白我要表达的意思吗？

嗯，你们觉得我说的是什么，那就是什么。

很抱歉，我做了那个先开口说分手的人。

很抱歉，我终于还是转身走掉了。

很抱歉，我不能再陪你走更长更远的路了。

很抱歉，让你难过了。

很抱歉，很抱歉，很抱歉。

我想，你对我，应该也有抱歉吧。

尽管，你从来都没有真正地对我说过抱歉。

就这样吧，我们都别再深究了，你也该重新上路了。

不是所有的错爱都不值得被歌颂。

不是所有的分手都可以不再做朋友。

重要的是，你们终于都能在和下一任的爱里，变得，有所不同。

人生就是这样，没有回头路可走，也少有旧爱能重新牵手。

但，你们会记得对方，直到忘记他（她）的不堪，直到记忆

中只留下美好。

分手之后的某一天，我写了这样一段话：

我们所有人都拥抱着美好而来。

愿我们在这尘世间活得通透而畅快，愿我们的幸福来得及时并且不再畏惧分开。

愿我们的人生泾渭分明，简单直白，不会错过，无畏阻碍。

愿你我都能坚信自己的珍贵和纯良，也正视和善待自己的懦弱和矮小，爱我们之所爱，不问未来。

如今，我已经很少再想起你了，但每当我偶尔想起你，也已经不再有那么多负面的情绪，我只想留住所有的纯洁和愉悦，我只想记住那些值得被我记住和珍藏的部分。

你啊，你也要继续大胆去爱，去信任，去做你想做的一切。

我不能陪你了，但会有别人陪你的。

三年前，我喜欢那样的你。

三年间，我试图比每一个昨天都更用心地爱你。

三年后的现在，我们分开。

我又谈了一场恋爱，和一个很棒的人，很幸福地相爱。

你呢？遇到你的良人了吗？更会爱人了吗？

告诉你一个好消息，真希望你看到了也会替我开心。

我真的变成比从前更棒的人了，我带着那些关于爱的道理，学会了更好地经营我现在的爱情。我不再发脾气，不再大声说话，不再强势，也不再胡闹任性了，你和他都让我变成了自己更喜欢的样子。

真希望，你的下一任，能给你永久的幸福。

真希望，我们之间曾经发生过的那些不好的事情，都不会再在你和她之间发生。

真希望，你能成为一个真正的"大"男人。

虽然，我不再有资格这样说你，但希望你看到之后不会不开心。

这是我对你的期待，也是我对你最深的祝愿。

尽管我们的分开并不体面，尽管我们都给彼此留下了些许伤害，尽管直到最后我们都没能平静地再一次面对面，尽管连我们的最后一次对话都充满着不愉快，但，都让它们过去吧，好吗？

我们以这篇文章作结，为我们的爱情做一场正式的了断。

我们以这篇文章作结，就当作这是分手前我们的最后一次见面，最后一次聊天。

我们以这篇文章作结，彼此答应，当日后的我们再次回忆起那三年，当日后的我们再有机会和他人提起我们的故事，也能微微一笑，不再仇恨悲伤，只念当初岁月的美好与风光。

我们以这篇文章作结，唯愿你我都能早日寻得长久而确切的幸福，愿我们不再辜负谁的深情，和另一个人安稳快乐地过完一生。

如果我们能提前了解未来将要面对的人生，

你还有勇气前来吗？

你还会无畏结果地选择相爱吗？

会。

我不相信爱情，

但我相信他

STORY

5.

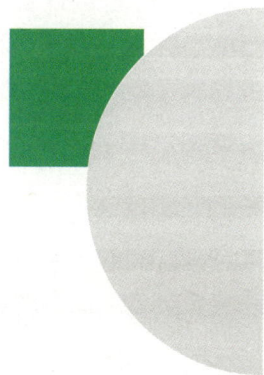

总　要　习　惯　一　个　人

Used to be alone

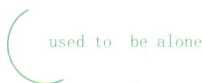

写这篇文章之前，我问了自己两个问题：

"你觉得一对夫妻或者男女朋友的关系中，最重要的几点是什么？"

"忠诚、信任、互为欣赏；体贴、理解、甘于牺牲。"

"那你觉得在恋爱或者婚姻中，好女人和好男人应该是什么样的？"

"女人要善良温婉、知书达理、善解人意、聪明可爱、会调剂生活；男人要大气谦让、有事业有见识、幽默有趣、有气概并且心不穷。"

想写这篇文章是因为我经常在思考：在一段感情中，无论是恋爱还是婚姻里，我要做一个怎样的女人？想先写一点，觉得挺重要的。

"你所担心的事情，百分之八十都不会发生。"

这是我曾经听到过的一句话，虽然知道这个数字并没有什么理论研究做支撑，可能也就只是一句安慰人的鸡汤，但不得不说这句话给了我非常积极的心理暗示，它总是让我在发生状况的时候变得平和。

我希望自己做一个聪明大气，有自信，能自己给自己安全感，不怕失去的女人。

不怕失去的人最强大。

当你不再害怕失去谁，当你有能力给你自己你想要的人生和世界，当你眼里有光芒心里有强烈的对于自我的信心，当你能给自己足够安全的感受，而不再依附于男人或者企图从他们身上得到承诺和保障，当你带着这些去开始一段恋爱或者婚姻，那恭喜你，你被爱得长久的概率大了很多。

我记得曾经有朋友问过我："蕊希，你相信爱情吗？"

当时我的回答含含糊糊，可能连我自己都不知道。

但现在，我有答案了。

"看多了离散，看多了开始爱得死去活来的人最后也走到分开，现在的我没有多相信爱情了，但，我相信他。"

每个人都有过去，都有自己不想轻易被别人发现的阴暗面，也都有欲望，都有关于新鲜的幻想。我希望自己做一个大气的女人，一个不去揭穿那些阴暗面和欲望的女人，一个不打探对方的过去并且相信他的当下和未来的女人。

之前去纽约，我有一个闺密在那边留学，晚上她来我的酒店住，我们俩躺在床上聊天聊到凌晨四点，其中她讲到一件事，让我印象深刻。

她和她男朋友两年前在一起，后来因为我闺密出国留学，两个人经不住异地恋，就分手了，分开的时间里两个人各自都交往了新的对象，再次和好是几个月前的事情。

两个人重新在一起后，有一天晚上，她男朋友喝醉了，我闺密趁着酒劲问他："你和那女孩在一起的时候，你们俩有没有发生什么？"

"有啊，没什么啊，我都跟她分了。"

在这段对话之后的很长一段时间里，到我闺密跟我说起这事的时候，她都没放下男朋友的这个回答，没放下她男朋友在这个分手的阶段和别的姑娘发生关系的事情。

听完之后，我问她："那你呢，你那时候和 Z 在一起，你们俩没有过？"

"有……但是他怎么能有呢，他们在一起那么短时间，反正一想起这件事我心里就特别别扭。"

旁观者看待问题的态度一定会比当事人轻巧，如果这事放在我身上，我也不能说自己会心大得完全没有任何情绪，但我想我一定会想办法把自己的情绪疏解掉，看开，放下。

首先，男生在两个人各自单身的状态下，和另一个姑娘谈恋爱并且发生关系，这本身是一件并没有触犯道德底线的事情。其次，女生自己也在新的感情里和另一个人有了同样的关系，为什么在自己身上就可以接受，放到对方身上就不能理解呢？

其实给对方大气的同时，也是把大气给了自己。

不该纠结的事别纠结，在感情里无论男女，学会睁一只眼闭一只眼，不重要的事情不看不听不多想，两个人相处的舒适度会提高很多。

之前有一个男性朋友跟我抱怨他女朋友，说她连自己在朋友圈给别的姑娘点个赞评论一下都会吃醋生气，平时一天无数次的查岗查手机翻聊天记录，更别提现实生活中了。

说真的，每次听到类似这样的事情，我都挺无奈的，也挺替那个姑娘难过的。你真的需要把自己的男人盯得那么紧吗，你就对自己那么没有自信吗？更何况，你觉得男人是能管得住的吗？如果他真的不想让你发现什么，如果他真的有什么事情不想被你知道，你觉得他自己会没办法吗？最重要的是，你觉得这样做，他会比从前更爱你吗？

那么，你这样做的意义是什么？

一个女人想抓住男人的心，靠的永远都不会是死盯着不放的查岗或者封闭他与异性接触的渠道，靠的是女人的智慧和气度，骨子里的大气是不会被轻易替代的。安全感这种东西，要靠男人主动给，他给你，你就接着，他不给你，你就自己给自己。问对方要安全感这事，只怕最后伤的还是自己。

你自己选择的伴侣，如果凡事猜忌，无法信任，那就不要在一起了。

对待你自己，如果你那么没有信心，总是企图从外界寻找安全感，那就别谈恋爱了，去武装一下自己吧。

再说一个朋友 A，她男朋友因为行业的特殊性，身边全都是各种好看的姑娘，但 A 从来都不会担心他和别人怎么样，最多也就是撒娇式地吃个醋。

　　我的朋友这样告诉我："从我男朋友的角度来说，他主动地给了我非常多的安全感，让我对他这个人有几乎满分的信任。我了解他的人品，也懂得他的审美，我知道他内心里是个怎样的人，我知道我们爱着对方的除了外在气质之外，更多的是各自的聪明并且有趣的灵魂。"

我特别欣赏朋友 A 的态度。

只有自信的人，才有机会拥有一段胜算更大的牢靠的感情。

这让我想起了我曾经问过我男友的两个问题：

"你觉得我全身哪里最性感？"

我问完这个问题之后，我自己先预想了好多种答案。

胸？腰？屁股？眼睛？声音？

"脑子，你的脑子最性感。"

我爱死这个答案了。真希望，我永远是有一个性感的脑子的姑娘。

"肉体出轨和精神出轨你更不能接受哪一个？

"看我有多爱她吧，如果真的足够爱，那为了能好好和她在一起，我都愿意接受。"

这个问题我还问了我最好的朋友。

她的回答是："肉体出轨。"

她说她觉得精神出轨很多时候其实是暂时的，这两天看这个人顺眼了，动了感情，过几天更熟悉了，了解得深入了些，可能就没那么喜欢了。但肉体出轨不一样，做了就是做了。

这个问题我自己也想过，没有坚定的答案，但觉得偏"肉体出轨"多一些。

但如果现在再问我，我的回答是："精神出轨。"

当一个男人真正完成了一次"精神出轨"，

那女人，在他那里，你就真的输了。

一个女人拥有外在的美好固然重要，可她的灵魂和头脑才会真正地长久地让男人魂牵梦绕。所以，你把注意力放在他会不会和别的姑娘在一起，会不会和谁搞暧昧，都没有任何意义，你只需要让自己拥有持续不断的魅力，做一个值得被他爱的人，你才能真的和他拥有一段牢靠而又新鲜的感情。

从爱情本身的角度来说，它是一种感性大于理性的东西。

如果事情已经发生，那做什么担心什么都无济于事。与其每天提心吊胆地怕失去，不如好好地感受爱、付出爱。如果我们终于会有分开的那天，那就让我们增加在一起时的幸福感，当我们分开的时候也觉得了无遗憾。

很喜欢一句话："喜欢就争取，得到就珍惜，错过就忘记。"

希望我们做另一半的小女人，可爱而柔软；

希望我们做自己的大女人，不易破碎，不怕失去。

愿我们生而明亮宽宏，
爱得厚重开阔。
愿我们把今天当作在一起的第一天，
也把今天当作在一起的最后一刻。

愿你和深爱的人有结果，

即使错过也感恩曾经拥有过

总 要 习 惯 一 个 人

Used to be alone

我很喜欢一首歌，名叫《八十岁的歌》。

歌词里这样唱道："我希望明天一睁开眼的时候，我就八十岁了。我在广播体操的音乐里起床戴假牙。我把鸡蛋煎成了溏心儿，等你把豆浆打好再熬熟，我们相对着坐在桌边。八十岁的某一天，你会牵着我的手出门吗？拖着装满青菜的小车。你已经眼花得看不清手机，只好专心地望着我。你都罗锅成小老头了，还会笑话我的水桶腰吗？……我是多么期待着与你相伴一生，却又害怕在前方的路口丢掉你呢……"

对啊，我是那么那么想和你相伴一生。

只怕突然在某个人生转弯的地方就再也找不回你了。

　　两年前，我有一个朋友和他谈了五年的女朋友分手了，他连婚都求了，姑娘也答应了，但最后因为女方父母的反对，两个人最终还是没能在一起。女方父母对男生的家庭条件和他的自身条件都不满意，于是硬生生地把他们两个人拆散了。

　　不被祝福的感情和婚姻，大多也都像这样难有好结果吧。

　　我还记得他求婚成功的那天晚上，在南京路上给我发来的视频，看着视频里的那对幸福的男女，我心想：真好啊，能遇到情投意合的人；真好啊，能有个男人跪在你面前跟你说"这辈子就咱俩一起过吧"；真好啊，能和自己深爱的另一半走完各自生命的全程。

　　但遗憾，即使已经走到了这一步，
　　他们还是没能帮助彼此完成生命中最重要的时刻。

　　她把青春给了他，但却没能将生活给他。
　　他把许诺给了她，但却没能将灵魂给她。

　　现在，这个男生的事业越来越好，也不再是两年前胖胖的样子了。

前几天和他见面，我远远地看着他站在路边，很帅气。

可惜，当他已经变成了如今更好的样子，当他能以更强大的姿态保护自己心爱的女人的时候，站在他身边的却已经不是当年那个爱了五年的姑娘了。

这可能就是相爱的时机吧。

爱得再深再浓，也不如爱得刚刚好。

和他见面的时候，我问他："还难过吗？想她吗？"

"想啊，那么用心爱过的人，怎么可能说忘就忘呢。只是，已经过去两年了，日子总要继续过，她也嫁了她父母认可的人，只是不知道她真的爱那个男人吗？而我，也慢慢变成了她父母期待的样子，但我要把这样的自己，给别人了。"

"当时分开，什么感觉？"

当年不敢问的问题，两年后我敢问他了。

"就是，你明明已经和对方规划好了一个世界，并且你无比坚定地相信着那样的世界，你告诉自己要用尽全身的力气去保护和捍卫那个世界，你眼看着你们两个人即将开始美好的生活，但却突然，没有任何准备，你就被你认为最重要的、不会辜负你的人，轻而易举地，放弃了。"

他说完这段话，我看着他，心疼，想抱抱他。

他笑笑，拿起杯子，咬了咬吸管，扭头看向窗外。

窗外不会有他当年的心爱的姑娘走过，那个坐在他单车的后座把双手环抱在他腰间却笑得开心的二十几岁的小女孩，现在，已经是另外一个男人的妻子了。

而他，也不再是当年被放弃的那个自己了。

想想，好心酸。

两个人就那样平常地在人群当中走着。

抬眼看到对方，然后决定要跟这个人有场爱情。

再后来，爱情不见了，人也走散了，回忆剩下得不多了，喜怒也都记不清了。

只明白，从前那样亲密的对方，以后都不再有了。

明天的两个人去往什么样的地方，谁知道呢。

只愿都能在彼此看不到的地方，依然，活得干净明亮。

"你们俩的照片都删了吗？"

"没删，为什么要删呢。感情的未来被否定了，但不能否定它的过去啊。如果我以后又跟别人谈恋爱了，她要求我删掉前任的所有照片，我也不会同意的。那些都是我的人生我的故事，没什么啊，它们仍然存在着不代表还爱着，也不代表要旧情复燃重新开始，它们只是意味着，我曾经和某一个人拥有过一段很美好的日子，但我的未来，不会再给她了。我也不会、我肯定不会经常去翻那些照片，但我知道，我从前爱过的那个人，她还在那儿，就好了。"

"嗯，这个我赞同。我也会偶尔想起前任，也会不小心翻到以前两个人在一起时候的某张照片，但也就只是看一眼而已，感慨一下物是人非，今时不同往日。"

"那你们，还联系吗？微信都删了？"

"没删，也不联系。我还能看到她的朋友圈，她也能看到我的。只不过，我们再也没有给对方点赞或者评论。五年啊，我们在一起五年。蕊希你说人这一辈子有多少个五年哪，我们把那段时间都交给对方了，可最后谁能想到，就算求婚成功了，也都还能走到分手的那一步。"

不联系了，也好。

愿你永远平安健康少有烦恼。
愿我，放下你，放下你，早日放下你。

愿你永远幸福顺遂鲜有恐慌。
愿我，忘记你，忘记你，早日忘记你。

　　写这篇文章的间隙，打开微博，热搜第一条＃张继科景甜公布恋情＃

　　娱乐圈里秀恩爱的事情几乎每天都在发生，也常有刚秀了没几天就被曝出轨、分手、离婚的现象。

但每次看到那些甜蜜蜜的"撒狗粮"的消息，还是会真心替当事人高兴。

看到这个消息的第一时间，我立刻跑到公司的内容群里跟大家说追热点追热点。（论一个自媒体人的修养）

公司有个小姑娘发了一句："没什么不解风情的直男，只要用心，足够喜欢。"

"中了中了。"看她发完这句话，我的第一反应。

说得多好，哪有什么不解风情、不懂浪漫，全看到底有多喜欢。

他得过许多次冠军，拿过很多块金牌，唱过无数次国歌，最后却输给了一个可爱的女人。

他告诉所有人"我们恋爱了，我们在一起了，这姑娘现在是我的人了，我从此也有人管了"。说出这种话，并不容易吧，爱得这么透明，需要勇气吧，两个人也真的很认真地对待着这段关系吧。

但愿，是真的喜欢得热烈才公开，是想好好地陪伴对方不再分开。

我们都会遇到这样的一个人吧。

他很好，好到你突然觉得自己的这一生都有了寄托和希冀，好到想要一直看着他人到暮年却还精神饱满。

看他到两鬓斑白，看他到长命百岁，

看他一生平安，看他永远笑得灿烂。

世界太大了，快乐太多了，悲伤也是。

我在想，所有看到了这条微博热搜的人中，多少身边有佳人相伴，多少孤身一人怀念着旧人。就像我的那位朋友一样，看到这样的消息，还是多少会有些难过的吧。

没办法，生活不会一直尽如人意。

但求，相信自己和你的命运。

祝福他，和他的姑娘。

祝福他们都能过上《八十岁的歌》里的那种生活。

过上各自的快意人生。

愿你们在分开过后的漫长岁月里，偶尔也能怀念起彼此，心生欢喜和美好。

愿你们在无法重来的未可知的将来里，因为已经足够幸福，而不再彼此想起。

愿深爱过的你，能在人生的别处得到眷顾。

愿你，拥有很多很多的快乐，很多很多的满足。

和很多很多的优待与热望。

愿你和深爱的人有结果。

愿即使错过也感恩曾经拥有过。

被喜欢的人，

你可真幸运哪

总　要　习　惯　一　个　人

Used to be alone

102

单恋的时候也常有。

只希望，我心爱的少年或者姑娘，

你别连让我爱你的权利都夺走。

天气很好，我一个人，走在路上，听着歌。

只听旋律，不听歌词。

不知道怎么，脑袋里突然冒出一句话：

被喜欢的人，你可真幸运哪。

即使你什么都不做，却也被另一个人不问结果地爱着，

所以拜托你，无论你是不是也喜欢他，

都别让那个爱你的人伤心哪。

有个关系很好的异性朋友，喜欢一个姑娘半年多。

前几天表白被狠心地拒绝了，姑娘拒绝得很干脆也很伤人。

类似于说男生完全配不上他，哪儿都不如她好，劝他别做白日梦了。

话说得不太好听，语气挺刺耳的那种。

往好的方面想，姑娘可能是不想让我朋友还抱有幻想，直接掐死那爱的小火苗，顺便再给男生点努力奋斗早日迎娶白富美的动力。

可起码从我的角度说，对于用这种直接的刻薄的语言伤害一个喜欢自己的人的做法，不敢苟同。

人和人之间总要留有最基本的体面，哪怕再看不顺眼的人我们大多也都保留着表面上的和气，如何才能在一个喜欢自己的人面前也不惜用伤人的态度和言辞，我实在难以想象。

任何人都有权利用自己认为正确的方式回应他人的好感和喜欢。

但我想说，请给对你动了感情的人，留一点美好的幻想。

这幻想不仅是对你的，还有对他自己的。

爱你的人不应该被你的无情伤害，

尽管你心里并不认为他有资格成为和你相携着往前走的那个人。

我们谁都无法被所有人喜欢，

遇见能看到你的美好并爱上这种美好的人，

本来就不容易，本就值得我们感恩和珍惜，不是吗？

单恋的人，希望无论对方给你的回应是什么，你都能从这样的一段关系中得到比你孤独一人时更多的快乐。

被喜欢的人，希望无论对方是不是真的符合你择偶的标准，你都能在被真心对待的时间里善待那个人。

到现在，他都没有再恋爱，也没再爱上谁。

心里想着的还是那个伤了他的姑娘，

原来人都是这样，喜欢得不到的，沉迷于伤害自己的。

当你不再期待结果，
结果才会真的发生

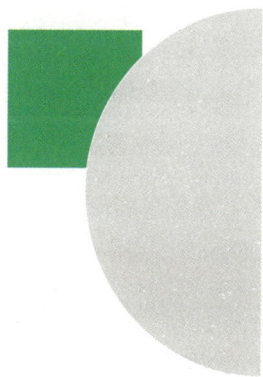

总　要　习　惯　一　个　人

Used to be alone

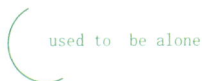

　　我很喜欢的一个影评人在评价是枝裕和的电影时说过这样一

句话：

　　"如果不抱着看一个故事或是得到一个确切答案的期待去看

一部电影，就不会苛求他做不到甚至是无意于此的新创作。"

　　我很喜欢这句话。

　　当我们不再对结果抱有过分的期待，

　　当我们不再给自己或者他人的人生预设好一个轨道或者方向，

　　当我们不再在意故事结尾的答案，

　　当我不再试图猜想是否有一天我也将变成你的离人，

　　那，我们才能真正地享受此刻共度的日子。

这两年，我在接受采访的时候，很多记者问过我：

最开始做电台和公众号是怎么想的，有没有想过有一天会有这么多的粉丝，会被这么多人喜欢。

从来都没想过，更确切地说，是从来没敢想。

我开始做这件事情的原因很单纯，就是我喜欢用我的声音去表达，我相信我的声音可以制造美好，我也想做我自己真正热爱的事情。

我在感情里受的伤，是被我自己的声音治好的。

我就在想，有没有可能它也能帮助到别人。

我没抱任何目的也没有任何功利的心态。

不幻想结果，也不问它将会给我带来什么。

我只是单纯地相信着这或许是一件有存在的意义的事情，

尽管我也希望我的声音能被更多人听到，甚至爱上。

然后，我就做了。

做成后的快乐和成就感大多来自我从来不曾想象过那个结果的发生。

恋爱，也是这样。

别去在意有没有海誓山盟，也别去期待你们的感情就一定会
开花结果。

重要的从来都不是把注意力放在不切实际的远处。

而是，把信念放在心中，好好珍惜此刻的拥有。

除非结果真的发生，不然永远没有人会知道你到底能不能如
愿以偿。

我不知道你们会不会这样，在我身上好像好多时候都会灵验。

如果我总是想着某件事情的结果，

那么最后实际发生的往往和我想的不一样。

然后，留给我的感受就会是失望。

当你不再期待结果，结果才会真的发生。

所以，放轻松，把念力放在心里，

它会领着你去往你该去到的地方，

你哪，别管那个地方在哪里。

我们都在等

"世上唯一契合灵魂"

总 要 习 惯 一 个 人

Used to be alone

每个人都是一座孤岛，生来死去都孤独而行。

但美好的是，我们天生都具有一种能力，

一种寻找并渴望拥抱相似灵魂的能力。

跟我男友第一次见面的时候，我注意到他戴着尾戒。

跟他见完面的那天晚上，翻他的微博，很多照片的小指上也都戴着戒指。

后来我们发微信聊天，我问他：

"我看你戴尾戒，你是独身主义、不婚主义者吗？"

"不是，在我们那边，戴尾戒是避小人的意思。"

他接着问我："那如果我告诉你我是不婚主义者，你还会跟我在一起吗？"

"如果你是坚定的不婚主义者，这辈子肯定不结婚的那种，那我应该不会跟你在一起。"

"那你就没想过，在一起试试看？或许我真的愿意为你改变，因为足够爱你，因为知道你想结婚，所以愿意陪你一起。"

后来，我们还是在一起了。
因为相比"如果有一天我们分开了"，
我更害怕"因为担心分开，所以从没在一起过"。

更何况，我相信他，相信我自己，
也相信我们之间的爱情。

现在，他摘掉了小指的戒指，我的戴在中指上。

有时候也会想象出一个画面：
他重新戴上了戒指，在左手的无名指上。

我把我的戒指从右手的中指移到了无名指上。

戒指不用多昂贵，钻石很小也没关系，没有都行，

只要，是他给我戴上的。

我是真的不在乎那东西值多少钱。

我知道，相爱是无价的，再有钱也买不起。

我在乎的是他对我初心不移，是他领我环游世界，

是他记得回家，记得家里有我。

我们有一个共同的朋友，现在已经结婚了，最近刚刚怀孕。
她老公人很好，两个人很相爱。

两年前，她当时的男朋友出轨，被她发现了。
两个人在一起很多年，已经见过双方父母，谈婚论嫁了。
她很伤心，不能接受，当时就分手了。

之后很长一段时间，她都过得特别压抑特别痛苦。
她打电话跟朋友们诉苦，也问他们该怎么办，要不要原谅他，
要不要复合。
她所有的朋友都说，不能原谅，必须彻底分手，一刀两断，
渣男，不能要。

只有一个男生，是这样跟她说的：
"他确实很渣，很过分，很可恨。可是，如果你跟他分手让
你这么痛苦，一想到以后都不能和他在一起了让你这么受折磨，
如果和他分开的痛苦已经远远超过了你发现他出轨的痛苦，那你
就可以选择跟他复合。在你的这些伤心面前，尊严不重要，但结
果要你自己承受。"

这让我想到了佟丽娅和陈思诚。

即使被家暴，即使爱得卑微又委屈，但她还是选择了回到这个男人身边，原谅他对自己犯下的过错。

或许是同样的道理吧，离开他的痛苦，大于在婚姻里承受这些痛苦。

没有对错，外人没资格评论，也永远不会懂得当事人的苦与乐。

有很多听众和读者发私信问我类似这样关于感情里抉择的问题，

我曾经说过，我从来都不会给出明确的建议或者答案，

因为我不是他，我没有在过他的生活，

所以我没有权利去影响他的判断和选择。

我刚刚写的这个故事是个不错的答案吧。

选择能让你更快乐，选择能减少你痛苦的。

别人帮不了你，你也不必在意他人的目光和言语，

人生是自己的，要过成什么样子，没人有权干涉。

过不好别怪谁，过好了那祝你越来越好，明天的你比今天更好。

夜里的故事总比白天多，

得不到的人

总比爱过的更难过

总 要 习 惯 一 个 人

Used to be alone

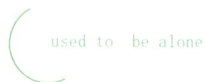

我总是喜欢在很晚的时候发微博，发完之后，看你们的评论能看好久。

困了就立刻去睡，还很精神就看几页书。

每次发微博都会收到留言或者私信："蕊希，这么晚还不睡吗？你也失眠了？"

我们都是一群不好入睡的人。

因为对我们来说，夜里的故事，总比白天多。

海明威在《太阳照常升起》里写道：

"在白天对什么都不动感情是极为容易的，但在夜晚就是另外一回事。"

你问我不睡的时候都在干吗。

在想你啊。

即使我在看书，即使我在洗澡。

即使我在很专注地看电影，即使我爬起来找东西吃。

即使，我终于睡着了。

白天才不会去想失去，才不会去想从前。

白天我是个特别乐观的人，敢和生活顶撞，敢在困境里撒野。

天黑了，就胆小了。

它把我的软弱统统放大，也把我的哭声从静音调到震耳欲聋。

我在朝阳和日落间收起自己的负能量，也收起我的怯懦和焦躁。

晚上八点，回到家，一个人，连电视的声音都没有。

藏在被窝里，没有一寸皮肤露在外面，才觉得安全。

我偷偷地把那些负面的情绪都叫出来，问问它们，还好吗？

然后，我再花上一整夜的时间，和它们相处。

也不一定有八小时那么久，通常，还没安抚好，就又要把它

们藏回身体里了。

第二天，别人问我，睡得好吗？

我就点点头，笑着，好似笑出了这一生的无忧和天真。

你知道人的这一生是怎么度过的吗？

就是这样，在无数个日升日落间，就老去了。

睡觉，生活。睡觉，生活。

后来，睡着了，就再也没醒过。

待到年迈之时，你问他，

这辈子过得怎么样啊。

他含含糊糊，说不清楚，记住的大多是幸福。

他会告诉你："人生得意须尽欢，莫使金樽空对月。"

爱情不是便当，
需要郑重其事

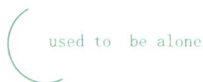

"现代人不缺爱情，或者说不缺貌似爱情的东西，但是寂寞的感觉依然挥之不去。我们可以找个人来谈情说爱，但是，却始终无法缓解一股股涌上心头的落寞荒芜。爱情不是便当，它们依然需要你的郑重其事。"

—— 《东京爱情故事》

你会不会像我这样，偶尔也觉得无奈或者遗憾。

世界每天都在不停地向前旋转，人与人之间的联络也不再费力和麻烦。

从前两个人相爱，大多靠书信往来。

字里行间都透着想要赶紧见到对方的期待。

那时候没有微信也少有名片，于是就把对方的名字在心里默念好多遍，记下来。

那时候交通工具还是绿皮火车，两个人见面就靠步行或者单车。

他们慢悠悠地爱着，后来就有了下一代。

现在看来，他们的爱情并不新潮，似乎还透着点傻气。

但那个年代牵着手的少男少女，现在还在对方身边，说好要一起变老。

他们爱得笨拙但却相当可爱，不像今天的我们。

说恋爱就恋爱，然后，说散就散。

你说，究竟是世界把我们变糟了，还是我们自己变得少了情怀？

我有个闺密，和男朋友在一起四年。

前不久，他们分手了。

分手后的一个月，她给他发了条微信：

"还是想你，我还爱你，如果分手就是我们的结局，那你一定替我照顾好自己。"

她收到的回复是：

"我们已经分手了，你能别再给我发微信了吗！我已经有女朋友了！"

然后，爆了句粗口，就把她拉黑了。

四年，你爱了一个人四年。

可到分开的那天，你却发现对方竟无比地轻松和满不在乎。

他用一句话告诉你他对现任的忠诚，但口气里全是高高在上的骄傲。

我还是希望我们能谈一场古老年代的恋爱。

用最老套的方法告诉对方你正在用心对待。

我想要存好多好多的票根和信物。

我想要在很重要的日子和你一起度过。

我想要和你拍很多照片，只有笑没有哭。

然后挑一张你最好看的，放在我的钱夹中。

你不会嫌弃我幼稚，我也不会觉得这样很麻烦。

我们不会轻易把"分手"挂在嘴边，也不因为一时的不合就否定对方的存在。

我们只是安安静静地爱着，缓慢悠长的那种。

如果有一天，我们必须要面临分开，

也不会恶语相加。

即便做不成伴侣，也能给彼此祝福。

希望我们的爱情是，

未来的某一天，我们不用对着票根和照片流泪，

而是子孙后代环绕膝间，我们可以告诉他们："你们就从这里而来。"

别试图考验爱情，

因为爱情根本经不起考验

总 要 习 惯 一 个 人

Used to be alone

吵架的时候，别一直跟女生讲道理。

必要的时候，请抱紧她。

吵架的时候，别一直跟男生任性胡闹发脾气。

合适的时机，撒个娇，用温柔的眼神望向他。

收到很多粉丝的留言问我：

情侣间产生分歧时，要怎么才能化解矛盾，达成有效的沟通？

两个人在一起，虽说生活方式、思维和观念会逐渐变得一致，

但产生分歧肯定也是不可避免的一件事情。

首先我想说，最好的状况是，尽量避免吵架。

能心平气和地说话，就别大喊大叫地争论。

吵架在大多数的时候，都是一种对双方伤害性很高、但解决问题的效果却并不显著的方式，没有什么争吵是不影响两个人的感情的，即使最后你们终于达成了和解，有一方选择了让步，即使吵过之后你们之间的气氛终于变得融洽正常，但伤害也都已经产生，没有人能无视或者忘记它的存在。

但我的意思并不是让你们在产生分歧的时候忍着不说，有问题必须要讲出来，大家坐下来好好沟通，情绪也理所应当得到表达，但要看场合、看为了什么事、看对方的情绪。

如果两个人没在一个独立的空间里，身处的环境中还有别人，或者对方当下的心情并没有太好，正为其他的事情心烦，那么这就并不是沟通和解决问题的好时机，吵架更不会是明智的选择。

当两个人都各执己见，而且情绪特别激动的时候，最好的办法其实是"冷静"。

我说的是冷静，而不是冷战。

冷静是我们暂时先别说话，彼此平复一下情绪。

冷战是拒绝沟通，火上浇油，关系恶化。

不是所有的问题都需要在出现的那一刻马上解决掉，有些时候眼前让你生气愤怒的事情，其实过段时间你自己就会觉得根本没什么大不了，你自己会主动地消解掉那些情绪，也避免了把负面的东西传递给对方。

还有一种情况是，如果不是特别严肃的事情或者针锋相对的时候，其实可以用轻巧的方式来解决。

走到他（她）面前给对方一个抱抱或者亲吻，让对方感受到你的在乎。

我想说，在两性关系里，先示弱的一方，不一定就是处在劣势的那个，而是更爱对方、也更聪明的那一个。

我记得我之前看到过一段话，大致意思是说：

我在我们发生争吵的时候先服软先退让，不一定就代表我真的觉得我自己就是做错的那一方，只是，我为我造成了我们两个人目前不愉快的气氛感到抱歉，并且不想让这种不悦的情绪持续地在我们两个人之间蔓延，所以我选择先一步和解道歉。

　　我一直都说，爱情是一件需要智慧的事情。

　　但最重要的还是，不能自私，要时刻挂念对方，把对方的意愿和需求放在心中。你知道吗，其实你付出了多少，你爱得多深，对方都是能感受到的，没有人真的是恋爱中的傻子，你爱不爱他（她），他（她）真的都很清楚。

　　如果是原则性问题，必须讲清楚的，那就找个合适的时间、地点，然后在两个人都情绪得当的状态下，好好地跟对方沟通。

　　这时候最好的技巧就是，换位思考。

　　虽然我坚持我的观点，虽然我认为我是对的，你是错的，

　　但我仍然愿意尝试着站在你的角度看这个问题，想想是不是

你说的或许还真的有些道理。

别坚持不该坚持的，
真正相爱的两个人之间，一定没有什么胜负输赢可分。
只有努力，争取共赢。

说到这个问题的时候，我还特别想跟大家分享的一点是，
女生到底该不该"作"，能不能"作"。

首先我想我们需要了解"作"的概念。
就是作和撒娇的区别。
当场合正确、方法恰当、尺度合适的时候，这就是撒娇，是
两个人相处中的一种生活情趣，也能丰盈两个人的感情。
但如果是场合和方法都不太合适、都失当了，就容易引起不
必要的麻烦，就会变成男人都讨厌的作。
每个人都是有脾气的，心情也是跟随着不同的情境而有所不同。
你可以要求对方爱你，但你不能要求他（她）随时随地都表
达出来。
有的人外放、有的人内向，有的人需要你在公共场合给他留
一些体面，但是回家了就愿意包容你的任性。

所以，这就要看你们对对方的了解够不够深刻和细致。

当你足够了解对方，你就大概能预估，你这样做合不合适，会不会让对方生气。

我一直觉得，"作"这种东西，在两个人的相处中偶尔是有必要的。

但只能"小作"。

聪明的姑娘会把握住很重要的一点，就是分寸。

恋爱中很多事情都是这样的，尺度合理就是可爱。

尺度过了，就容易变成可恶。

我曾经在节目里说过一句话：

别去考验爱情，因为爱情根本经不起考验。

希望你们足够了解彼此，也足够懂得对方的心意。

希望你们都能做感情中的聪明人，有合理的分寸，也有宽宏的气度。

140

原来人都是这样，
喜欢得不到的，沉迷于伤害自己的。

每个人都是一座孤岛，
生来死去都孤独而行。
但美好的是，我们天生都具有一种能力，
一种寻找并渴望拥抱相似灵魂的能力。

生命中有许多无能为力，
但我们都别轻易放弃

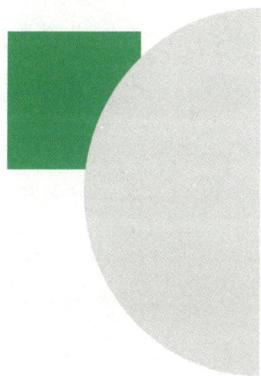

总 要 习 惯 一 个 人

Used to be alone

生命中有许多无能为力。

但我希望不论处于怎样的境地，

我们都别轻易放弃自己。

人生艰难，但你仍要活得好看。

2017 年年末的时候，圣诞节前后，微博里看到这样一条状态：

"癌症晚期，每天都在被病痛折磨，医生说我的时间不多了。

以前觉得这种病离我很远，可没想到它竟然选择了来到我身边。

妈妈 24 小时都在照顾我，今天连她也病倒了。祈祷上苍让妈妈

快点好起来，我没关系，但我真的不想让爱我的人伤心难过。跟

他们在一起的时间太短了，还远远不够，可不可以再多给我一点

时间，让我再陪他们聊聊天。都说孩子和父母的缘分只有今生，无论如何下辈子都不会再见了，那么，可不可以让我再撑久一点，我还想用力地看看他们的脸。"

我不知道发这段话的人今年多大了，看起来，应该还很年轻吧。

谈过恋爱了吗，有很爱很爱的人吗？

也想过要做个很棒的父亲或者母亲吧？

他的人生理想应该还没实现吧？

想去的广阔世界还没来得及行走吧？

后来的他，还好吗？

还有一件事，发生在我的一个同学身上：

2011 年，我们高考的那年，我们说好要一起加油，各自考到自己想去的学校。

2010 年年末，距离高考还有 6 个月的时候，她的妈妈去世了。

人走的时候，是在小区门口的车上，失血过多，来不及送去医院抢救，就离开了。

没有任何思想准备，没有临终前的告别。

她有一个亲弟弟，当时还很小。
不懂事的年纪，还很好骗的年纪，说什么都信的年纪。

妈妈再也没有回过家，再也没有抱过他，也没有往家里打一个电话。

有一天，他问姐姐，妈妈去哪儿了？
她对弟弟说："妈妈在姐姐像你这么大的时候，就去很远的地方工作了，然后等姐姐到了 18 岁的那年，妈妈就回来了。你也一样，现在妈妈去了很远的地方，等你长大了，18 岁了，妈妈就回来看你了。"

现在，她是个大人了，说起妈妈不再会掉眼泪的更坚强的大人。
尽管我知道她是那样思念她。
现在，她的弟弟也长大了，他已经知道了当年在妈妈身上发生的事情。
尽管我没再过问更多的细节，但我知道，他一定无比希望小时候姐姐用来骗他的话真的会在他 18 岁的那年实现。

我祈求上天，让他们在没有妈妈的人生里，

也能拥有好多好多的快乐和满足。

公众号里我发过一个真实故事：

一位癌症晚期的妈妈，知道自己已经无法陪伴刚出生的女儿太久，就强打着精神为自己的女儿准备了十八年的生日礼物，她说如果什么都不做，她害怕女儿长大以后会忘了自己。

故事的结局是，妈妈还是离开了，留下了十八份她准备给女儿的生日礼物，留下了她对女儿的爱，在没有听过自己的孩子叫她"妈妈"的时候，她就走了。

我不敢去想她离开的时候是带着多大的痛苦，我也无法真切地体会她有多舍不得她的孩子和家人。她还没来得及看着自己的孩子长大，还没来得及看着她上学、毕业、出嫁，还没来得及告诉女儿她爱她，就离开了。

你看，人生好难啊。
它让你知道生命真的很脆弱，但却从不事先跟你打招呼。

我听不得这样的故事，生命真的太脆弱了。
可我又在这样的时候告诉自己，一定一定要好好珍惜现在拥有的健康和幸福。

因为真的有太多人，他们正在你看不到的地方经受着你无法想象的痛苦。

你不能为他们做更多的事情，也无法让他们的悲痛少一点点。

你能做的就是，顶住你人生中的困难，别轻易放弃和倒下。

你要带着那些人的力量，去勇敢地战斗。

我一兄弟的哥们。

2002 年的一场空难，夺走了他父亲的生命。

家里人一直瞒着他，想等他大学毕业了再跟他讲。

他毕业那年，放假回家，妈妈把这个消息告诉了他。

听到之后他没有震惊，没有意外，也没有哭。

当年的空难引起了很大的轰动，各家媒体都在报道。

事情发生的时候，其实他就猜到了自己的爸爸应该就在那架飞机上。

但他没有说，他怕家人更难过。

他知道真相这件事，他瞒了家人快两年。

妈妈不想让儿子知道真相这件事，她瞒了快两年。

这是母子的默契，是他们都不想让对方承受更大的哀伤。

他说，他总是觉得他现在人生中的很多事情都能化险为夷。

他说，自己一直顺顺利利地走到了今天。

他说他知道，一定是他的父亲在天上保佑他，保佑他免受灾

难和煎熬。

他的母亲，至今没有再嫁，但她和儿子生活得很好。

儿子很孝顺，来年就要娶媳妇了，打算后年就让妈妈抱孙子。

父亲在天上，看着这样的妻子和儿子，

应该，放心了吧。

我们的人生啊，可以有很多的快乐。

可是我们的人生啊，也真的有好多的难关和险阻。

怎么办呢，有些事总要发生，我们也必须面对，别无选择。

谁的人生都一样，

享得了福，就得吃得起苦。

别说来日方长，这世上的日子确实还有很长。

但我们能过的，除了今天，谁也不知道还有多少。

只希望，我们和我们的家人。

一生平安顺遂，健康幸福。

愿失去挚爱的人们，依旧无比坚强地去迎接未来的生活。

安宁平静，一路坦途，再无雨雪风霜。

降低对他人人生的参与感，

是降低失望的最好方式

总 要 习 惯 一 个 人

Used to be alone

昨天在朋友圈看到这样一段话：

"降低对他人（亲人、爱人、朋友）人生的参与，其实是一种自我人生状态保持且降低失望来源的很好的方式。"

看到这段话的时候，我觉得说得实在太好了。

我们总是很容易过分看重自己在他人生命中的意义，我们总是习惯展现和提高自己在他人生活中的存在感。而当有一天对方告诉你，其实他并不喜欢你的这种参与，或者当对方并没有对于你的参与表示出你期待的回应的时候，你内心的失望就会产生。

所以在这样的状况下，我们有两个选择：

第一个就是学会适时地撤出，减少自己在他人人生中的参与。

第二个是心甘情愿地付出，但要学会降低对他人的期待，不祈求付出之后会得到什么。

最近发生了很多事情，让我一次次深刻地意识到一件事：

不期待别人用你对待他的方式对待你，是获得更多快乐和内心安定的来源；不奢望被你在意的人完全地懂得和理解，是让自己活得轻松的基础；不幻想别人用你为人处事的道理面对问题，是聪明的人才会享受到的愉悦。

我是一个很能对别人好的人，当然也不是见谁都热情得掏心掏肺，对我认为值得的人，我会对他比对我自己还要好。有时候关系比较近的人也会问我："你对他那么好，那他对你怎么样？"

首先，没有人会傻到为一个对自己不好的人持续不断且不计得失地付出，如果有一个人能够让你这样对他，那一定意味着他值得被这样对待，而你也是在他心里有位置有分量的人。

其次，我想说的是，我不太知道别人，但对我来说，我并不是一个太计较付出和得到的回报的人。实际上凡是人和人之间的付出，都不可能完全对等。拿恋爱关系里的双方来说，两个人再怎么相爱，也不可能说他们为对方付出的爱是一样多的。总有一方更被爱，也总有一方释放着更多的爱。

每个人表达爱的方式都是不一样的，很多时候我们的不悦其实就是来自我们的关注点是什么。

为什么我能在他心情不好的时候飞到他的城市安慰他，而他就不能？为什么我总会很贴心地吃东西的时候把第一口食物放到他嘴里，而他就不能？为什么我在他睡觉的时候会把灯都关掉电视开很小声，而他就不能？为什么我会留意他平时喜欢什么，经常给他惊喜送他礼物，而他就不能？

可是，你忘了吗？他会把你带去见他所有的家人朋友同事，告诉他们他的女朋友很懂事很优秀，而你却没有；他会在每天睡前之前都给你一个吻说他很爱你，每天半夜醒来给你盖被子掖被角，而你却没有；他会随时跟你报告他在哪里、和谁在一起、在做什么、几点回家，而你却没有；他会理解和接纳你的孤傲、落寞、不善言辞和爱胡闹的脾气，而你却没有。

你看，你总是纠结于那些你在为他付出的事情，他没有同样为你付出。却忘了，其实在他爱你的那些方方面面，你也并没有让他感受到他被用同样方式爱着。所以，不是你们的关系出错了，也不是爱出错了，你的付出也并没有用错地方，只是，你错误地把自己的关注点放在了"他没有为我做什么"，而不是"他为我做了什么"。

其实，对方也为你做了很多很多的努力和牺牲，对方也在默默地用他自己的方式为你们的关系注入了很多力量，只是有些时候你把"他做了的"当成了理所当然，把"他没做的"当成了不爱你、不在意。

我们都要学着去看到一段关系正向的那一面。

总是放大失望的人，会拥有越来越少的快乐。

爱呀，它会去往愿意吸纳它的地方，我们千万别把它吓坏了。

其实啊，你知道吗，我们从出生的那天开始，我们的身体里就聚集着好多爱，然后我们慢慢成长，开始学着把我们身体里的爱掏出来，给别人。我们以为自己剩下的爱已经越来越少了，但其实，我们是给自己的身体腾出了更多让其他的爱进来的地方。

我们从来都没有损失什么，因为爱的释放本身就是一件让人特别愉悦的事情。

所以我很少去衡量爱的比重，因为我知道，我的身边能有一个个能够让我愿意为之付出心力的人，真的远远好过我把这些爱都留在自己身上。我希望你能感知到我的表达，我也希望你能给予我你爱的表达，但如果没有，也没关系，因为我的心脏和灵魂会告诉我，我掏出的那些爱有没有去到它们该去往的地方。

任何关系里都是这样，把自己看得轻一点，把别人放得重一点。

该你入场了，就全情投入，轮到你退出了，就别再回头。

而入场和退出，都由你自己决定。

愿你觅得良伴，愿你的美好有出口也有归处。

善恶有报，

切勿"看人下菜碟"

STORY

15.

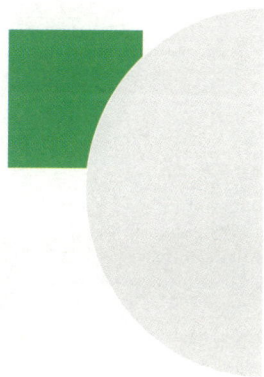

总 要 习 惯 一 个 人

Used to be alone

一位做化妆师的好朋友，经常会见到娱乐圈里的大小明星。

他跟我说，其实越是大牌的明星，越是谦和低调，有些并没有什么名气的三四线小明星，反而趾高气扬，让人禁不住发笑。

有一次，娱乐圈内的某男星参加一个节目，在化妆间化妆的时候，因为对化妆师的造型不满意，就张口对其大声说："你知道我是谁吗？知道我女朋友是谁吗？我很火的，我很有名的。"言外之意是让化妆师好好给他化妆，但他的语气里只有傲慢和不满。

"其实我并没有觉得他有多火，更没觉得他女朋友有多红。"

巧的是，不一会儿，在圈内相当有地位的某一线知名女星走进化妆间很客气地跟化妆师打招呼，两个人聊得很热络。这位男明星见状立刻就怂了，赶紧点头哈腰赔不是，开始不停地对化妆师献殷勤，特别尴尬。

德之不厚，行之不远。那位男星需要花怎样的气力，才能扭转他在别人心里摆架子、耍大牌的印象？后来这件事也就变成了大家的话柄，一传十十传百，甚至很少有人会去关心最开始这个男明星和化妆师的对话是不是真的如同当下我们听到的这般让人觉得生气和可笑。

因为是听来的事情，所以也不知道实际情况下这位男星的口气是不是真的那么糟糕，但透过这件事我想要表达的是，生活中我们切勿去做不知深浅的"看人下菜碟"的人。

我们要把每一个和我们产生交集，与我们相处的人都当作生命中最重要的人，我们要永远对他们保持尊重友好和谦逊。你不会知道当下你面对的这个人是谁，他看起来可能只是一位司机师傅，但你知道的也就只是你表面看到的那些而已。即使他就是一位司机师傅，也应给予恭敬与友善，不是吗？

很多人的"相貌平平"其实是"深藏不露"。

我们应该真正地把低调平和当成我们做人做事的习惯，我们要对周围的人，无论强者还是弱者，都同样地给予尊重和真诚。没有人会是常胜将军，也没有人会永远都是被同情的弱者。如果你今天站在了相对较高的位置，那么你就应该拿出你强者的姿态，这种姿态不是高高在上也不是恶语相向，强者的姿态应该是"以弱者的姿态，做出强者的举动"。

如果有一天你不小心滑落到了低点，你希望别人用怎样的目光看待你，你希望别人用怎样的态度与你交往，那么，就应用你希望别人对待你的方式去对待你身边的每一个人。

有一种说法，当你还没有跟一个人开始谈恋爱的时候，当你们还在彼此了解的阶段，要想知道对方在多年后对待你的态度，就去看他（她）是怎么跟服务员、司机、售货员相处的。如果他（她）对待这些人是没有礼貌、没有耐心甚至是很暴躁，那么你最好是不要跟这个人在一起了，因为这样的一个人当他（她）在多年后习惯了有你的生活之后，他（她）对你的态度也一定不会有多好。

我们都会犯这样的错误，对位高权重的人彬彬有礼，对出身卑微的人呼来喝去。

我一直都特别相信人生在世善恶有报。

你向他人付出的善意会以同样的福报回到你身上。

你对他人的口无遮拦也会成为你身上的罪恶。

记得之前看过的综艺节目里面有一个歌手，出身普通，父母都是环卫工人。他说他从来都不会随便往街上扔任何东西，因为知道父母有多辛苦。

有一次，我和爸妈一起打车，司机接我们的过程中出了点状况，弄得我不太愉快，上车之后对司机师傅的态度就没有很好。之后自己也挺后悔的，觉得人家也挺不容易的，谁在工作中还没有点失误呢，何必那么较真。

下车之后我爸跟我说："丫丫，咱家开饭店，你妈当老师，都是服务行业，出状况是难免的，没必要对别人那么苛刻。我和你妈以前也被人家态度不好地对待过，我们知道那是什么滋味。你得学会宽恕别人的错误，学会给别人台阶下。"

我们生存在这个社会中，任何行业里的任何角色都在承担着服务他人的责任，所以这本身并没有任何的高低贵贱之分。我们真正应该做的事情是，提高对自我的要求，体谅他人的过错。多用放大镜看看自己的弱点，少去计较他人的不尽人意。

还有一次，我和我爸我妈一起吃饭，那家餐厅生意很好，每一桌都有客人。本来等菜等了很长时间，我已经不耐烦，结果在菜里还看到一根细细的钢丝，我立马举手示意服务员过来。

我妈把我举在半空的手按下来。

"其实店家很小心，最怕出这样的问题，但真的难免呀，挑出来就行了呗，咱自己在家做饭不也有这样的情况吗？"

你看，我们都一样，都希望别人用我们期待的方式对待我们。
而我们也都应该懂得用自己希望被对待的方式去对待别人。

人和人之间的相处就是建立在你来我往的互相理解和体谅之上的。
别太苛刻，也别太强人所难。

我们总是在朋友圈里感叹世界真小，你发现 A 和 B 认识，B和 C 竟然也很熟，A 和 C 还是相识多年的挚友。所以千万别小瞧

了你在和某一个朋友相处中的态度，其实你在交往的从来都不只
是某一个人，而是，你周围的整个圈层，更是，你自己。因为，
所有的你付出的善意或者愤慨，所有你面对他人的友好或者刻薄，
最后都会回到你自己身上。

　　真希望，没有被这个世界温柔对待的我们，

　　能默默地在自己的身体里创造出更多更多平和的力量。

　　真希望，我们都能成为站在人生低处的时候不心灰意冷不焦
躁抱怨，

　　能够勇敢地掸掉泥土从头来过的人。

　　真希望，我们都能成为抵达人生高处的时候也会收起尖锐与
刻薄，

　　懂得宽宏与分享的可爱的人。

　　我希望我能骄傲地活着，不畏惧任何困苦和折磨。

　　我希望我能柔软地活着，不刺痛任何难堪和脆弱。

居有定所，
却也浪迹天涯

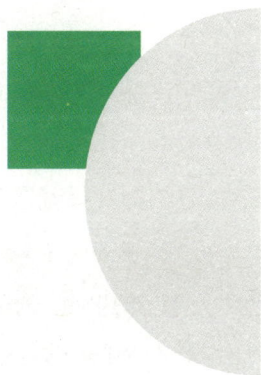

总 要 习 惯 一 个 人

Used to be alone

或许有一天，我会扔掉现在的我，

然后带上新的，去过我和她的生活。

我经常会思考一个问题，我们这么拼命地在大城市里工作，

究竟为了得到什么？以前我会说，为了赚更多的钱过上无忧无虑

的生活，为了报答父母让他们晚年享享清福，为了自己的孩子可

以因为生在条件更好的家庭而不至于吃太多的苦。

但现在，我再问自己同样的问题，答案变得简单了许多。

是为了自由和生活。

这种自由不是朝九晚五的人生模式被打破，而是，你终于有时

间和力气去规划和成全你身体深处的那个被关押在牢笼中的自己。

这种生活也不是油盐柴米的算计，而是，你开始真正和这个世界相处。

我一直都记得，小时候睡觉之后，我常常会特别害怕地躲在被子里。

我在想，如果有一天我死了，该怎么办。

这个世界上没有我这个人了，我不再知道这个世界发生的变化，它的一切都不再和我有任何关系。

然后想着想着，我就在自己给自己制造的可怕的气氛里睡着了。

我还印象很深刻地记得，当时我问过我爸爸这个问题，我说我经常会在睡觉前想这些事情，问他会不会也是这样。

他说："人在小的时候和很老的时候，会常常想这个问题。小时候想是因为还不太知道生死是什么，老的时候想是因为知道自己的日子不多了。"

现在，我已经极少会在睡前想这些了。

因为我现在明白了，人的生死不是自己想出来的，你唯一能做的就是在你的能力范围内，对自己的身体好一点，让你的心脏和皮囊更经得住折腾，然后在你几十年的生命里尽可能地按照自

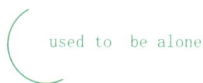

己的想法活着。

先说两个关于爱和生死的故事吧，都是我身边发生的真实的事情。

我的小学老师，为人和善，一生勤勤恳恳、兢兢业业。

她和她的爱人一辈子非常恩爱，从来没有吵过架，即使有分歧，也都是靠极好的沟通与交流解决。两个人身体都很健康，除了腿脚不太有力之外，无病无痛。

她的爱人，在某天傍晚去菜市场买菜回家的路上，出车祸去世了。

老师不能忍受失去挚爱的痛苦，无论怎样都放不下她老伴。她就每天站在窗前，朝楼下的路边望去，嘴里不停地念叨着："我老伴去买菜了，他怎么还不回来呢？"

过了半年，她也跟着走了。

在她老伴去世半年之后，她因为思念过度，也离开了。

这样，会比较幸福吧。

她怕老伴在另一个世界里孤单，就去陪他了。

她太想念他了，已经等不及要过去见他了。

就像当年两个人刚刚恋爱的时候那样，哪怕只是短暂分开都觉得度日如年，于是总是一路小跑地去见你，翻山越岭也不言辛苦。

你看哪，爱情就是这样。

因为深深地爱着他，所以即使后来已经阴阳两隔，她也要去见他。

即使已经不身处同一个世界，也要重新找到拥抱的可能。

我男友的父亲，在他大二那年，去世了。

肝癌，医生说还有半年，但最后不到半个月就走了。

他母亲从父亲走后并未再嫁。

前段时间我们一起回家，睡前他母亲说：

"明天你们上去拜拜爸爸，和爸爸说会儿话。"

第二天一早，八点多，起床。

我男友说要上楼祭拜父亲。

母亲说："晚点再上去，这还太早了，才八点多，你爸还在睡觉呢，还没醒，别吵到他了，让他多睡会儿。"

我瞬间泪崩。

父亲已经走了二十年了，母亲应该很少再为父亲流泪了吧。

可谁说，她忘记他了呢。

明明还记得他的习惯，记得他起床的时间。

也记得，虽然对方已经在另外一个世界了，但仍然要像他在身边似的，爱他。

现在的她，可能会忘记日期，忘记时间，

忘记晾在阳台的衣服该收了，忘记现在说的话其实刚刚才说
过一遍。

但她从来都没忘记，要爱他，爱她的丈夫。

突然想起在看完电影《相亲相爱》之后，我发的一条微博：

"愿在我迟暮之年，

旁边也能有一个唱歌难听，

但在我梦里永远年轻的人。"

所以你说，什么是爱，什么是生活，什么是人生，什么又是
生死？

嗯，你说它是什么，它就是什么。

我在想，我不知道我的这一生会在什么时候停止。

是停在我荣耀的时刻，还是我病痛缠身不再年轻气盛的时刻。

抬起右手，看看生命线，还行。

但，管他呢。

文章开头我说：

或许有一天，我会扔掉现在的我。

然后带上新的，去过我和她的生活。

对，我是认真的，我期待着这样的一天。

我现在努力工作，为了早日实现财富自由。我不认为钱要一直挣下去，我对金钱有欲望，但我也知道人要懂得满足，明白适可而止。

了解我的听众或者读者会知道，我以前从来没想过我会走在现在的人生道路上。我原本对自己的人生规划是，一直在中央人民广播电台待下去，一直做我的主持人，每天按时上下班，每个月收入过万，靠着好工作找个好老公，相夫教子，安静地过我的生活。

可是，经历和岁月改变了我的想法。

我不要过那样的人生。

我现在开着两家公司，和一群伙伴创业。

我的律师总跟我说，你以后公司上市了怎么怎么样，为了以后上市你要怎么怎么样。

说真的，我没敢去想那么远的事情。

我只想踏踏实实地走好我脚下的路，坚定地，不辞辛苦地前行。

"人生不只是眼前的苟且，还有诗和远方。"

这句话被大家说得太多了，好像它就是一句打鸡血的话。

这句话是高晓松的妈妈告诉他的，他妈妈至今还在流浪，一个人背着背包满世界地走着。她告诉高晓松："你要是觉得你眼前的这点苟且就是你的人生，那你的这一生就完了。"

越看越觉得这句话有道理。

如果你有能力有财力，那就能走多远走多远，去远方，现在就上路。

如果你暂时还没有出发的条件，那就去读诗，因为诗里就有你要的远方，然后，努力，早日上路。

我期待着我的人生是这样的：

不为金钱和传统的财力观念所累，不为别人的期许和要求而活。

不故步自封在眼下的这方狭小的天地，也不沉溺于此刻的得失与人生的起落。

找一个愿意并且能够和我生活的人，居有定所，却也浪迹天涯。

真正相爱的两个人之间，
一定没有什么胜负输赢可分。
只有努力，争取共赢。

所有的背井离乡，
都是为了荣归故里

STORY

17.

总 要 习 惯 一 个 人

Used to be alone

我有个朋友，今年 26 岁。

2017 年年初的时候来到北京，

跟另外三个年轻人合租在南四环的一个老旧小区里。

她人生的前 25 年从来没有离开过出生的城市，

到北京前就一直念叨着要逛遍这四九城。

她说老家的生活节奏太慢了，安逸得让人心里发慌。

她在北京找了份传媒类的工作。

早上九点上班，晚上经常加班，动辄就是十一二点。

上周和她约了个午饭，问她都去了哪些地方，来了之后还适应吗。

我很意外，来北京一年多了，除了家和公司之外，她几乎没去过别的地方。

她说周末也会休息，但已经累到不想出门不愿社交，别说四九城了，连下楼买个水果吃个饭都懒得动弹。

我问她："喜欢北京吗？现在的生活状态是你想要的吗？"
她支支吾吾了半天，最后有些尴尬地笑了笑。

跟她合租的三个室友，有两个和她差不多，
毕业没多久，在北京找了份收入不算高的工作，
都想着出人头地，荣归故里。

住在她隔壁房间，也是这套房子面积最小的房间里的，
是个 35 岁的男人，内蒙古人，在北京生活 10 年了。

10 年间换了 7 份工作，现在，仍然是基层员工。
好几年没谈过女朋友了，很喜欢小孩，
但不知道什么时候才能有个姑娘愿意跟他有个家。

小伙子人很固执，从没想过离开北京回老家。

我朋友说经常看见他蹲在楼门口抽烟，一地的烟屁股。

她说看着挺心疼的，有时候也会想，何必呢。

可后来看看自己，不也一样吗。

怀抱着自己珍视的理想，背井离乡，

想妈妈了就只能打个电话，不敢跟老板请假，连过年都未必能回家。

突然想到自己刚来北京工作的那年。

我是电台里的新人，初入职场。

2016 年的农历新年，我是一个人在北京过的。

我窝在花了一半的工资租来的房间里，给自己买了一堆零食。

我记得特别清楚，那天晚上我没有给父母家人打电话拜年，只是发了个语音在微信里说了新年快乐。

不敢打电话，怕自己会哭，怕妈妈听到自己哭也会哭。

大年初一的早上，五点起床，去台里上节目。

大直播，六小时，连续四天。

但回忆起来，也没有觉得委屈。

因为，那就是我曾经无比期盼的在北京的生活。

那一年，有太多人和我一样。

没回家过年，仍然在各自的岗位上工作。

这两年的除夕，我都是在家过的。

但我知道，还有太多太多的人没能回家，不能团圆。

可是，这就是人生不是吗，那就是我们必经的生活，不是吗？

奥斯卡·王尔德说：

"我们都生活在生活的阴沟里，但仍有人在仰望星空。"

艰难从来都不可怕，

那只是我们换了一种方式在体悟生活。

我公司里有个1995年出生的小妹妹，四川人，很真诚很善良。

个子不高，看起来瘦瘦的，弱不禁风的样子，但内心坚定，有想法。

要是问我她是个什么样的人，我的第一反应是：

"心肠很好，特别孝顺。"

我们是三年前认识的，她给公众号投稿，被我选中。

我们没见过面，一直微信联络，沟通工作也交流感情。

她人很直接，是我喜欢的性格。

三年间，她的文章写得越来越好，心智也变得成熟了许多。

很努力，提早修完了全部的课程，出来实习工作。

因为在三年的时间里，我们已经培养出了不错的默契，

所以还没毕业，我就给了她一个公司的岗位。

我们聊完后的第三天，她就拖着行李大包小包地来了北京。

住在离公司很远的地方，和另外的两个女生合住一个房间，挤在一张床上。

每天上班坐地铁，要两个多小时的路程。

我问她为什么要住得那么远，太辛苦了。

她说："那边房租便宜，每个月只要 800 块。"

她说这句话的时候，一脸轻松，能看得出，虽然辛苦，但她还挺满足的。

2018 年快过年的时候，我在公司跟大家说：

"我们早点放假，大家可以提早买票回家，多回去待几天，陪陪父母。"

后来有一天微信闲聊，听我们行政的女孩说起她。

"她本来想买放假当天的飞机票回去，后来觉得太贵了还是没舍得，就买了火车硬座。然后咱们大年初七才上班，我们都买的大年初六下午或者晚上的票回来，她买的大年初三下午的飞机，因为大年初六是回京高峰，机票全价，她想省点钱。"

当时听完，一阵心疼。

大年初六的票太贵，其实她完全可以找个理由跟我请假过一两天再回来上班，可是她什么都没跟我说。如果不是不经意间聊起，她真的大年初三就回北京了。

懂事的孩子，常常是报喜不报忧，独自熬过艰难。

她对自己很节省，要求也很严格，

但每个月都会拿出工资的一大部分寄给父母，

她说他们不容易，现在自己挣钱了，得让他们跟着享福。

经常会看到她在朋友圈发和父母的聊天截图，

也会看到她发好长好长的一段话，大多都是写给自己的，

鼓励自己要努力生活。

上个月，她刚刚搬家，

搬来了离公司不远的地方，也不用再和别人挤一张床了。

工作也越来越得心应手，将来也是个可以带自己的小团队的

人了。

希望她越来越好，真替她高兴。

像她这样的人，像我们这样的人，

真的还有很多很多。

我们生活在同一座城市的狭小空间里，

各自为了自己的理想人生坚持着。

理想当然没那么容易实现。

你别着急，也别浮躁，

世界不喜欢你无助时的抱怨，

它想看到的，是你埋头苦干，是你咬紧牙关。

你别让它小看了自己，也别让爱你的人失望。

人生总会如愿。

只要你保持努力，别放弃。

努力总会有用的。

只是，它不知道会将对你的回报落在什么地方。

管他呢，不重要，

你想要的，会有的。

最后，我想用我曾经收到的一位粉丝的私信内容来为这篇文章作结：

"在无数件倒霉事扑面而来的时候，努力告诉自己，它们其实是替我阻挡了更大的厄运的发生。原来，我就是那个被上天爱着、眷顾着的人哪。"

我们的父母正走在，

和我们告别的路上

总 要 习 惯 一 个 人

Used to be alone

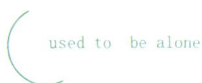

我今年 25 岁了，我的妈妈 49 岁，爸爸 52 岁。

也不知道从哪天开始我不再愿意向人提及我的年纪，我也不太愿意去提父母的年纪，因为我每长大一岁父母就跟着变老一岁，我不愿承认他们已经慢慢地变成了"中老年人"。

小时候我总觉得他们永远都不会老去，我会一直是那个被他们扛在肩头、抱在怀里的小孩，我可以永远撒娇永远胡闹永远无法无天。可是后来我才发现，人总归是要老的，他们会不再年轻力壮，他们会变得苍老变得矮小，他们会离老照片中的自己越来越远，他们会渐渐和孩子生活的世界脱节，甚至告别。

不知道从什么时候开始，我特别怕他们跟我说类似"我们老了"这种话，每次他们这么说，我都很生气，老什么老，我的爸爸妈妈是不会老的。

我们家的家庭氛围特别好，我和爸爸妈妈特别亲，尤其和妈妈。我们之间无话不谈，是真的没有任何话不能说的那种。

我跟她之间经常会有这样的对话：妈妈，你们要好好照顾自己，有钱别省着，一定要把身体养好。我们要一起变老，等我80岁的时候，你还能陪着我，那时候你都104岁了，咱俩都是老太太了。我们的牙都掉光了，那时候，我还要抱着你，亲你。

每次我说类似这种话的时候，都堆着一脸的笑，我是真的觉得我们会有那一天。

每次听我说这种话的时候，妈妈都一边笑一边哭，从她的表情里我看得出来，妈妈很幸福。

我没有生在一个很有钱有势的家庭，我的父母也都是平平凡凡的普通人。

妈妈是老师，爸爸自己开了家饭店做生意。

从小到大我都是一个得到爸爸妈妈很多宠爱的孩子，他们一直在倾尽所能地给予我很好的生活。吃穿上他们很娇惯我，但从来都不惯我毛病，对我的教育到现在都十分严格。别人家的父母都是一个唱白脸一个唱红脸，总有一个对孩子是不打不骂的。在我家就厉害了，要么一起打，要么一起骂，那真的是"混合双打"。所以我到现在还经常跟他们开玩笑说，我们一家人感情能这么好也是挺不容易的。

我家里有很多相册放在柜子里，每年总有一次回家的时候，妈妈会把照片翻出来。以前小的时候不懂事，看那些爸妈年轻时候的照片也不觉得有什么，甚至还笑他们以前的打扮都土土的，笑爸爸那么帅为什么娶了不太漂亮的妈妈。

现在呢，不太敢看了。

照片里的妈妈特别苗条，肚子上没有赘肉，也没有生我留下的妊娠纹。

照片里的爸爸高高帅帅的，就像现在会让小女生们着迷的小哥哥一样。

照片里的他们哪，很恩爱很快乐，好像岁月不会夺走他们的青春一样。

其实我的父母在同龄人中看起来是很年轻的。

但在很多个瞬间，我仍然感受到他们渐渐老去的身体里的无力。

真希望，他们的这一生都能无病无灾，特别健康快乐地活着。

真希望，他们在年轻的时候吃的苦遭的罪，都能在他们的后半生为他们换成无比美好的生活。

真希望，他们能给我更多更多更多的时间，让我有机会带他们去全世界"撒野"。

我要让他们为生出我这样的孩子感到骄傲和欣慰。
我要给他们更好的生活，就像我小时候，他们对我那样。

为人父母，都爱唠叨，我的爸爸妈妈也一样，他们生怕在我
成长过程中少说了什么，怕我多走了弯路。他们说知道我忙，没
那么多时间跟他们视频，听他们讲电话，他们说知道做孩子的都
不喜欢父母絮絮叨叨说个不停，甚至担心打电话会耽误我休息，
所以他们不太经常当面对我说很多，他们的方式是发微信或邮件，
打字或写信，通过一段段文字把他们想说的话传递给我。

每次我都会很认真很认真地把那些文字读完，因为我知道那
是他们花了好多心思写给我的，他们把嘴边的挂念和心里的惦记
与期许都写在了里面。他们时不时地来点化我，期望他们的经历
能成为我人生的经验。

我真的特别特别骄傲，我有一对这么好的父母。
我一直很遗憾，在上一本书里没有拿出篇幅来写写他们。
所以这一次，我想要完成这件事情。

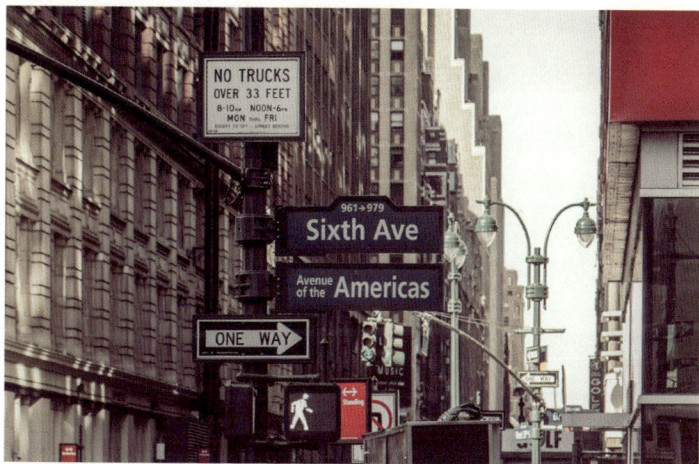

　　我选了一些我妈妈这两年发给我的长长短短的文字，想要在这里跟大家分享。

　　感谢我出生在这样的家庭，感谢我拥有这样的父母，感谢他们一直都在如此用心地教育我引导我，感谢他们为我所做的一切。

　　2016 年 12 月 31 日，跨年夜，妈妈在给我的信中写道：

　　孩子，2016 年对你来说是不平凡的一年。你完成了几次华丽的转身，这对于初出茅庐的你来说意义非凡。这一年，你的内心经历了一次次不小的考验，做出一次次改变命运的抉择。你开始尝试写书，开始进入更多的领域接受不同的考验，你去了这个世界上更多的地方，感受到自己的浅薄与无知。你的节目有了更多的听众，从最初的几个人到现在的几千万人，每一期节目都记录着你的坚持，每一位听众都是对你的坚韧最好的见证，当然还有许多的困难。我想在面对这一切的时候，你的内心一定是有波澜的。但是你在大是大非面前坚决果断，在荣辱面前冷静从容，在虚荣繁华面前淡定低调，还是为你赢得了些许的光荣。

一年的时间不长，但至少能证明你的决定是勇敢且有思考的，并非鲁莽冲动。尤其你的抉择不仅是改变了你自己，也改变了我和爸爸，不仅改变了我们的容颜，也改变了我们的心境，改变了我们的身体性情，以至于生活质量本身。所以爸爸妈妈看着你一路打拼十分辛苦，很是心疼，但也倍感荣耀，因此我们也要谢谢你孩子，谢谢你为爸爸妈妈带来的一切。

2017 年，新的开始，爸爸妈妈希望你注意休息，劳逸结合，身心健康，保持乐观。爸爸妈妈还要嘱咐你，无论贫贱富贵都要踏踏实实做人做事，女孩子干净善良、真诚仁爱是十分重要的，当然有时间多读些书，会让你的内心更加丰富温润。最后要祝福你的事业做得越来越好，热爱加上足够的勤奋，一定会使你的事业蒸蒸日上。

　　我和爸爸在你的影响下，也会继续努力，更加认真地做好我们的事情，有更多的能力回报帮助我们的人，回报社会，过上我们想要的生活。2017 ，我们一起加油。

永远爱你的爸爸妈妈

写于 2016 年 12 月 31 日

有一对非常恩爱的父母是很幸福的事情，当然他们也希望我和我未来的另一半恩爱有加。他们希望自己的女儿像天使一样完美，更希望她遇到的生命中的真命天子也是一个完美的英雄。

妈妈在和爸爸25周年结婚纪念日那天，给我写了这样一封信：

小闺女，今天是个很特别的日子，25年前的今天，妈妈和爸爸走到了一起，之后，有了可爱的你，想想真是开心。

25年了，虽和爸爸一路风风雨雨，不过，还是常常会有爱情甜腻的感觉，妈妈觉得很幸福。你也不小了，也到了该谈婚论嫁的年纪。跟你说啊，恋爱中的女孩智商通常都很低，妈妈当时接近于零，所以妈妈想嘱咐你几句话。

太姥姥曾说你是个"小宝鸡"，我想你一定会受惠于祖上的恩泽，让你找个好对象。如果你找对了，那么这应该就是你最大的福气。

俗话说："一个好女人可以富三代。"这说明女人在家庭中扮演非常重要的角色，关乎家族的兴旺。应该说你是一个非常善良正直的好孩子。做女儿，我和爸爸已感受到你的孝顺贴心；对亲人你懂得感恩；对朋友你够真诚，甚至还有几分侠肝义胆。做事情你很认真也很较真，非常努力，追求完美，包括你的勇气和判断力，爸爸妈妈有时都很佩服你。但所有这些我认为即使做不好都有纠错的机会，唯独对待婚姻，妈妈觉得你最好只给自己一次机会，如果结婚就不要想着离婚。

最近听到一些明星家庭出现变故，妈妈觉得谈恋爱分分合合情有可原，但是一旦结了婚，轻易不要伤害别人，也不要让自己受伤。所以说，如何做个恭敬贤德、温柔贤良、知书达理、善解人意的女孩你还要学习很多，一句话，要先做一个值得男人宠溺、家庭疼爱的女人。

我说这些，是因为我觉得你的年龄，随时会遇到爱情，但不要游戏爱情，要认真好好相处。在恋爱里，女孩可以有些许的任性撒娇，但这不能成为索取的理由，你不要忘记自己的角色，你不是孩子，以后你要做妻子，你们之间的关系是平等的，同样需要付出爱，同样需要关心体贴温暖对方，所以妈妈要提醒你做如水一样的女人。

选择什么样的人，爸爸妈妈还是会相信你的眼光也会尊重你

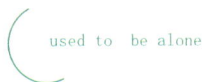

的选择。不过，妈妈的建议是，长相、年龄、个头，不要过分在意，但妈妈希望他干净、有教养，希望他有才华、有头脑，希望他有视野、有经历，希望他坚定、有气势。还有妈妈希望他温暖、有趣并且宠爱你，让你有崇拜感，因为男人精神世界的丰盈会对女人有极大的吸引力。

当然，如果他还有一定的经济实力你就更幸运了，但你同样不可觊觎他人的财富，这一点你一直做得不错。贪图虚荣，占小便宜会让别人不齿的，这也不是咱们的价值观。结婚前不做打探，结婚后不做干涉。虽然有人说判断男人爱不爱自己，一个是看他舍不舍得为女人花钱，一个是舍不舍得花时间陪女人，但是那都是男人的事，你要做的是任何时候要有自己的事情可做，思想独立，经济独立，要让男人想为你做、值得为你做。

另外，男人对花瓶的喜爱都是短暂肤浅的，男人真正喜欢的是有知识有头脑、优雅得体、端庄高贵的女人，而这些是伪装不出来的，是需要经历滋养出来的，所以你要多看书多游历世界，与之有思想的交融、精神的契合，切不可做金玉其外败絮其中之人，对于你来说，永远都需要学习成长。

　　你虽然还是年纪小，但是不要随便发脾气，遇事多反思自己做得不好的地方，不要过于黏人，要懂事，要信任对方，做事要有分寸，要有礼貌。总之，恋爱中彼此都要付出足够的诚意和热忱，要多看对方优点，多改自己的毛病，不合也不必刻意强求，如果真能走到一起也是缘分天意。

　　今天日子特殊，妈妈有感而发，也祈愿你人生有好的归宿，找到对的人，并彼此相爱一生。

永远爱你的爸爸妈妈

写于 2017 年 5 月 24 日

记得小时候我的新衣服很多，虽然并不是多么有钱的家庭，但妈妈一直都很喜欢打扮我，她觉得女孩子要时刻干净漂亮，内外兼备才好。有两个日子妈妈一定会给我从里到外换一身新衣服，一个是我的生日，一个是新年的时候。但不知从什么时候起，应该是工作以后吧，换新衣服好像没有那么重要了，但是每到这两个日子妈妈总会给我写上一段话。

妈妈在我 25 岁生日这天，给我写了这封信：

丫丫，每个人的人生都会有几件"彪炳史册"的记忆。今年的 7 月 9 日，我想一定是令你终生难忘的日子，不仅因为这个日子留下太多的美好，而且它更有着分水岭的意义。

每天隔着手机屏幕，听到你的欢声笑语，我就能感受到你当下的快乐和幸福，你不知道爸爸妈妈有多开心，多放心。我觉得你好幸运，不仅遇到了能让彼此深感愉悦的人，还遇到了一群志同道合的小伙伴每天和你一起为理想打拼。真好。

你在回复粉丝留言时，你总喜欢说：祝你们一直幸福下去。
我和爸爸每天也都会为你祈愿：愿我们的孩子一直幸福下去。

爸爸妈妈盼着你，寻得一位有智慧并且有趣的人，痴迷他的优点却又有足够的敏锐发现对方的不完美，并且有足够的勇气和信心愿意接纳这些不完美。即使容颜已老，繁华落尽，依然能不忘初心，温润如初，那才是真的幸福。

你用了两年的拼搏换来些许的成绩，值得高兴，但除了心怀感恩、好好珍惜之外，更要留有余地。你长大了，但涉世很浅，我在网上看的文章转给你，算是爸爸妈妈对你的告诫。"才不必傲尽，留三分与人，留些内涵与己；锋芒不必露尽，留三分与人，留些深敛与己；得理不必抢尽，留三分与人，留些宽容与己；得宠不必恃尽，留三分与人，留些后路与己；得势不必倚尽，留三分与人，留些厚道与己；富贵不必享尽，留三分与人，留些福泽与己；凡事不可做尽，留三分与人，留些余德与己。"凡事不可过度，请你自己品尝思量。

丫丫，妈妈再唠叨几句，我相信你有能力让自己过上好的生活，但是这些都不足以让你停滞和懈怠，人最可靠的是自己的才能和德行，要居安思危，永远保持清醒与敬畏，发展才是硬道理。

日后，多多考虑工作，事业的经营，要打开思路，多多学习，切不可夜郎自大，盲目自信，更不应做井底之蛙，故步自封，更重要的是自己不仅要精于技术专业更不要疏于管理。既然你不选择安逸，希望自己的人生有一道亮丽的事业彩虹，那你就要做自己事业发展的总导演。他人可依靠，但不能依赖，自我的成长和强大是最让自己安心踏实的。我相信你和你的团队有足够的能力去应对困难和挑战，你要加油哦。

我真心希望因为你们出现在彼此的生命中，你们各自的人生都变得更好，更丰盛而有意义，希望你们每个人都更加强大，爸爸妈妈也希望你一直努力，成为值得让爱人和伙伴们尊重的人。

好好吃饭，好好睡觉，好好说话，好好做人，好好做事。
生日快乐！天天快乐！

永远爱你的爸爸妈妈
写于丫丫 25 岁生日

有时我和爸爸妈妈探讨，结婚需不需要有隆重的婚礼仪式，爸爸妈妈总说，不重要，随你们，日子过好才重要。如果这样的事情都会如此轻描淡写不介意，在我看来算得上足够开明而且是并不注重仪式感的父母。然而真的不是这样，在他们的心里，常常会有庄严的时刻，他们都一定在为他们的孩子祈福，因为我总会收到这样的信笺。

妈妈在 2018 年元旦，写给我的：

时间过得真快，2017 转瞬即逝，回首过去的一年，日新月异，有些跌宕起伏，又收获满满，极具戏剧色彩，又有历史性意义。

2017 年在你人生的旅程中又是一个重要的年份，这一年你所经历的困难远远超过你的年龄所能承受的，也超过了女孩子所应承受的，然而你都勇敢地面对，坦然应对。正所谓：雄鹰不褪羽，哪能得高飞。蛟龙不褪皮，何以上青天。应该说，所有经历的这一切都是有价值的，都为化茧成蝶积聚成长的力量。

丫头，困难犹如磨刀石，它让你变得更加果敢坚强、豁达乐观，这是爸爸妈妈最希望看到的。至于得到，实在是可圈可点，许多都是创举。自己的第一本书，第一次全国签售，第一次直播，自己的第一家公司，拥有的第一枚法人的印章，自己的第一处房产，第一家商城……对于24岁的小女孩，这些实在是让人艳羡的成绩。当然爸爸妈妈更引以为傲的是，你一直是个好孩子，善良感恩聪明大气，永葆战斗的激情，所以你值得拥有美好的事物。

当然，你一定要常怀感恩之心。患难见真情。战场上面对生死并肩作战，才会有生死之交；利益面前，荣辱与共，才会建立深厚的友情；夫妻间面对苦难风雨同舟，才会倍加珍惜。每个人都会有困难的时候，而患难最能检验人心。

面对难关，Z没有袖手旁观，不仅给你莫大的精神支撑而且出谋划策，从容应对，调兵遣将，力挽狂澜，显示出扭转乾坤之魄力，得之实乃你之所幸，毕竟雪中送炭比锦上添花更加可贵。

还有B不离不弃、坚定不移地支持你、帮助你，斡旋其中、忠诚不贰。对他们你要铭记于心、没齿难忘。

而对他们最好的回报就是你更快地成熟和成长，更加强大，让他们的帮助不被辜负。因此为了不辜负他们你都要坚强乐观，拿出兵来将挡、水来土掩的气势才对，对自己，对他们充满信心。

其实爸爸妈妈心底里对你是竖大拇指的，你年纪尚小，压力山大，但是你还能与困难做斗争，已经充分显示出你的聪明和才干，真的很了不起，所以你不要畏惧，何况有这么多至亲至爱的人在帮扶你，一切都会越来越好。

天道酬勤，天道酬善，相信的力量是巨大的。

2017 年，成绩斐然。2018 年的大门已经向我们敞开，希望你改掉不足，乐观豁达，谨言慎行，历练成熟。爸爸妈妈祝福你新的一年，身心健康，事业腾达，万事如意，心想事成。

永远爱你的爸爸妈妈
写于 2018 年元旦

妈妈常常跟我说："丫丫，妈妈快 50 岁的人了，我真担心我的观念和想法会越来越落后，甚至担心我的脑子会比身体老得还要快，所以妈妈真希望在我清醒的时候，在我还有能力的时候，我的提醒还能对你有所帮助，这样妈妈会觉得自己的存在还是有意义的。"

实际上从小到大，爸爸妈妈对我学习上的关注度远没有对我品行人格的关注度高。虽然他们十分享受我努力工作给他们带来的愉悦和满足，但他们从来没有忽视对我的忠告。

摘录一些妈妈在日常发给我的微信：

丫丫，昨天晚上公众号推送中，"而你，我也没忘记"这句话的中间有一个"哼"的语气词，这个语气词在以前的节目中也多次出现，妈妈听了觉得不太好，我总想告诉你，就是忘记了，你自己听听看有没有必要调整一下。你的节目一直是充满正能量，给大家正向的引导，所以哪怕是一个小小的带有负面情绪的语气词，能注意到，最好也不要出现。我想那些主持界的前辈做事情一定都是一丝不苟、如履薄冰的，何况你呢？不知对否，你自己再回听一下。

2017 年 6 月 8 日

小鬼，挺厉害呀。听了你昨天回央广做的节目，真的特别好，一点听不出你紧张，还是有功底的。那种自信成熟沉稳谦卑在节目中自然流淌，妈妈真的为你点赞。有一个字用得不太合适，妈妈还是想提醒你，"……是一所普通的学校，很破的学校……"，"破"用得不好，容易产生误解，不过你当时肯定没反应过来，下次注意就好。别嫌妈妈鸡蛋里挑骨头，因为今天你还要去录别的节目，所以妈妈想提醒你一下，别犯同样的错误。

另外，你现在拥有一众粉丝，要树立好的榜样，说话要谦卑，要不忘本懂得感恩，要把别人看得很重要，让别人舒服，为别人着想，能考虑别人的感受，这是修养的最高境界；反之，则不然。妈妈还有很多想法，回去整理下思路写给你。

祝你一切顺利，合理安排时间，劳逸结合，注意安全。加油！

2017 月 6 月 28 日

丫，刚才在听你的节目，开头的问候，时间地点都对不上，我觉得太不严谨了，这可不是你的风格。今天在台湾，明天在北京，后天又在台湾，所有日子都是错的，你可能都是提前录的，可是粉丝会怎么想？以为你在骗他们、哗众取宠，所以还是要严谨点，细节决定成败。

2017 年 7 月 31 日

丫丫，每次签售活动之后听你给我描述，我都会激动不已，这次亲临现场，感受又有所不同，骄傲自豪，紧张担心，还有心疼，心有余而力不足，当然陪在你身边特别快乐满足，反正各种情感交织在一起，更深切地体会到，成功真的不容易，须付出太多的努力。

妈妈知道你是个特别要强的孩子，有目标有梦想，勤奋上进，而且你思维敏捷，思路清晰，专业素养较高，你还有独具魅力的声音，这些都是你的优势，妈妈不一一例举了。

我想这些优点你从别人嘴里听到得更多，妈妈想说的，是你不愿听、别人不愿讲的话。而这些刺耳的话，作为旁观者的妈妈，实在是不能不说，这些问题会阻碍你前进的步伐。

你的情绪化的问题，妈妈已经批评多次，虽然我不能对你当时的处境完全感同身受，但是我觉得发脾气就是无能的表现，这点特别不好，如果不克服，一定会吃亏栽跟头的。越是难办的时候越要沉着冷静，想办法解决是唯一的路径。相信妈妈，不用愁，再大的事情都会有解决方案的，办法总比困难多。虽然你小，妈妈不能因为你的小，迁就你的情绪化，因为你的角色重要，你的情绪会传染影响到周边的人。

当然，妈妈也是一个性急的人，可能我的这些基因也或多或少遗传给你，不过，妈妈也在改变呀，你不是看到了吗，妈妈在努力做一个平和温柔的妈妈。所以，如果你的性格中再多几分平心静气，处理事情懂得事缓则圆，那你的生活和工作会多许多轻松和其乐融融的景象。咱娘俩一起努力做个温婉的女人好不好？哈哈哈。

2017 月 8 月 14 日

　　我最近在看高晓松的《晓说》和许知远的访谈节目《十三邀》，上瘾，真值得看，你也应该看看，你写书，做节目可以有很多借鉴。孩子，听妈妈的，思想要拔高，站位高，视角宽，才能做好事情。你坐车时，带耳机听听，有好处，信息量特别大，对各种人物的访谈，他们的人生经验和教训、对世界的看法，对你会有很大的

启发，你能感受到那是能触及你心灵深处的震动。没有人可以阻
止你更多地爱自己，爱自己最好的方法就是让自己变得更加完美，
如此就会成为有力量的人。

2017 年 11 月 29 日

你们最近的成绩不错呀，实在了不起。妈妈看到你还有巨大
的潜能和提升空间，所以再敲打你几下，别怕疼啊，这些地方你
有所注意，还会提高一大截的。

既然你是公司的领头羊，不管你几岁，你都要誓死捍卫公司
的尊严与荣誉，要对公司负责，对公司的每个伙伴负责。我想你
会担心你的年龄小，是否能驾驭公司全局、让大家信服你。我要
告诉你，你自带高冷的气质，会给你增加不怒自威的威严，而且，
现阶段你在公司又有绝对决策权，在一定程度上决定了你的权威。
但这些都不足以立威，只有你做正确的事情多了、决策对了、成
绩好了，你的威信才会有，追随者也就来了。

公司起始，制度要有，规矩要立，更需要情感交融，施恩于人，
人性化的东西要多一点，要关心小伙伴，善待他们，要让大家感

到你是一个有情怀讲义气的人，愿意和你风雨同舟，愿意相信你的能力也愿意相信你的人，更愿意相信你们的未来。

另外，你的语气、你的气质都有些强势，相信在很多事情上大家已经了解了你的原则底线，但在处理问题时要柔中见刚，过程中平缓点，这样会不会更好？可能会让大家更愿意接受。在很多电视剧中，都有这样的情景，无论商场还是战场，通过脸色话语就会判断出对方的心境和状况。你既然不选择安逸，必须磨练心智，这一点至关重要。

还有，你不希望别人把自己的坏情绪、坏心情带到工作中，带给别人，那么你的情绪就要把控好，别人注意你的情绪要比你注意到别人的情绪多，所以不管生病还是心情不佳，都不要把不满、负面的情绪写在脸上，既是成熟也是修养。

妈妈希望你能听进去，试着去做，不断历练，成为一个真正成熟的大人，成为一个真正成熟的团队领导人。

2018 年 1 月 31 日

丫丫，那天看完电视剧品质盛典，妈妈有一些感触：

有的人少年得志，有的人大器晚成，有的人红极一时，有的人昙花一现，鲜有人几十年星途坦荡。年龄界限非常清晰，每一个年龄段都有每个年龄段的英雄，前辈的光辉遮盖不了年轻人的星光，年轻人的锋芒夺不去前辈的光环。但有一点是毋庸置疑的：极少有常胜将军。也就是说每个人只有一段鼎盛时期，所以每个人都会紧紧抓住自己发展的最好时机，建立和储备资本，不会错失和浪费，妈妈希望你珍惜每一个发展的机会。

谦逊在任何时候都是极为重要的品质，无论腕儿多大，谦卑都让别人舒服和更加敬重。而谦卑不是上台说话时装出来的，而是发自内心的敬畏。相由心生，你内心是傲慢的还是谦和的，时间一长在你的脸上都会生成。我特别欣慰你在改变，变得越来越外柔内刚，你每次说"她人很好"，我心里都很高兴，因为我知道她们都是你的镜子，让你看清自己。

最近买卖房子过程之中，见到一些夫妻，有一些感悟：

男女相处或者说夫妻相处，女人在很大程度上起到一个导向作用，日子过得兴旺与否很大程度取决于女人。即使男方更强势，女人也要有自己的主见，不要因为崇拜感而迷失自己，让自己对人、对事物的判断受到干扰，比如说，不要他说不好，你也认为不好，他认为什么事是错的，你就认为什么事是错的……这点很可怕。如果强势一方是对的，那还好，一直会沿着正确的道路走，如果有时也会错，但不能得到纠正，就会在错误的道路上行走。所以，实际上，两个人相处也是互相矫正与纠错的过程。在这一点上，我相信你有自己的思考。妈妈有感想就提醒你几句，你别嫌妈妈啰唆。

　　做事情，别等，别拖，能把事情赶在前边做，比压在后面好，也许后面还有更重要、更急于做的事情，挤到一起，就会有压力，就会着急上火。如果你总是等，我想我和爸爸享受不到你带给我们的这么多，不管是物质上的还是精神上的，你都是赶在前边做的。你有几万的时候，几十万的时候，几百万的时候，你都在给予爸爸妈妈，没有等，我们特别幸福荣耀。所以对待工作你更需如此，别犯拖延症。尽管你比较自律，但我不想你的人生缺少妈妈的提醒。

2018 年 3 月 19 日

如果不是写这本书，我应该不会再一次这么认真地看完这些文字。

看着看着，哭了好多次。

真幸福，我拥有一对这么好这么好的父母。真幸运，我成长在一个如此美好的家庭。

人越长大，就会不自觉地越疏离自己的父母。

你不再能像小时候那样整天赖在他们身边，也不再会把生活中发生的一切都分享给他们。

你会有一个新的世界，一个和你自己的、和爱人的、和朋友的、和同事伙伴的新的世界。

你喜欢那个世界，于是你很少会回去那个把你带来这个世界的世界里看看。

可是你知道吗，那个世界里有两个正在慢慢老去的人，他们正在以你没有在意的方式默默地离你远去。他们是这个世界上最爱你的人，他们不敢打扰你，他们甚至连跟你说话都变得小心，他们怕他们对你的关心变成嫌弃，他们怕不知道该怎样与你沟通和相处，他们怕不能叮嘱你更多就不能继续陪伴你更久。但，他们需要你，他们依赖你，他们想念你，他们深深地爱着你。

我妈总会在不经意间跟我说："小鬼，妈妈不可能陪你一辈子，总有一天，你要自己承担，要离开妈妈，所以你要特别坚强，你要自己拥有更多更多的能量。"

我真的不喜欢听她说这些啊，尽管我心里无比清楚地知道，是这样的。

我祈求上天，让我的爸爸妈妈远离病痛远离悲伤。

愿他们平安健康，特别快乐特别幸福。

希望我们能对他们有多一点的耐心和关心。

希望我们都能好好地爱护他们，就像小时候他们不惜一切地保护我们那样。

愿全天下的父母永远年轻，永远被爱，永远美好如当年。

生活不会轻易放弃谁，

日子还长，

多的是快乐美好

总 要 习 惯 一 个 人

Used to be alone

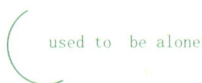

偶尔也会有这样一种阶段，不太喜欢自己，对当下的状况并不满意。

甚至，有些自我厌恶。

就好像最近，晒黑了一圈，照镜子的时候就会有点讨厌自己。低头看看身上晒黑的部分，抱怨我为什么不是生来就肤白如雪的人。

这种对自己外在的不满，总是阶段性发生。

为什么我没有长得更高？为什么我没有大长腿？为什么我没有深眼窝和高鼻梁？为什么我没有巴掌大的小脸？为什么我有这里那里的不完美？

也会经常有自我质疑的时候，是不是我的能力只有目前这样而已，为什么我在解决问题的时候不能更柔和一些？为什么我在遇到状况的时候不能更从容一点？等我到三十岁的时候回想起现在的自己会有埋怨和遗憾吗？

每一次有这些情绪的时间并不长，可能睡一觉就忘了。

但在那段陷入极度自卑的时间里，还是觉得整个人都很不好，谁安慰都没用，只是莫名其妙地悲伤，然后再没有原因地又为自己建立起新的自信。虽然那个自信的能量槽不知道在什么时候又会被我清空，但我好像已经习惯了这种间歇性的往复。

似乎我知道，那些极度自卑的自我怀疑不过是在激发那个更了不起的自己。我也知道，我总会在这样的自我不满中走到我更喜欢的自己身边。因为我必然会在这样的过程中改掉我身上没那么好的部分，我在完成一次又一次的自我修缮，并期待当下一次我陷入这样情绪中的时候，可以比上一次好过一点。

想想看，哪个人的人生是容易的呢，谁还不是在接踵而来的烦心事中历练着长大的呢，没有人是不可挑剔的，也没有人会百分之百地对自己满意。

有智慧有思想的人希望自己也能有张漂亮的脸蛋和傲人的身材，长得好看的人不想被别人说"他（她）还不是仗着自己好看"，有钱的人生怕自己在将来的某一天会为钱所困，所以他们沉迷工作没有时间和生活，没钱的人每天都在想着法子拼命赚钱买房娶媳妇，即使他们生性坚韧也总会在物质的匮乏面前伤了脑筋，天生乐观的人也会在失恋中败下阵来郁郁寡欢，习惯悲伤的人也总是经不住生活的打击和重创，孤独的人想要陪伴，有良人做伴的人又说需要空间和自由。

人都是这样吧，无论自己得到了多少，都还是会对自己并不满意和满足。

但其实，真没必要把自己抓得太紧，我一直特别希望自己能很轻松地活着，看得清自己的薄弱，却也珍视那些真实的不做作，能在自己不断变得更好之前，就喜欢着并不完美的自己。

我们都追求完美，我们都想做得更好，我们都希望能被别人喜欢甚至爱上。

可是，我们却都忽略了最重要的自我欣赏。

我们交了那么多朋友，但你和你自己是朋友吗，是好朋友吗，你善待他（她）了吗？

虽然我还是经常不喜欢镜子里皮肤有些黑黑的自己，

但我特别喜欢我的勇敢和善良。

虽然我还是后悔小时候没有多喝牛奶长高个，

但我特别喜欢我的专注和坚强。

虽然我生来没有一副无比精致的面孔，

但我特别喜欢我的努力和完整的思想。

虽然我还是常常在暗地里自卑，常常怀疑自己讨厌自己，

但我特别喜欢在那过后被惊醒的比那一刻更明亮的自己。

每个人的人生都一样，总有几分困惑烦心，你躲不开它们就只能接受它们，快乐的人生的基础是自在和心安，希望你总能找到方法让自己撑过难关。

生活不会轻易放弃谁。

日子还长，多的是快乐美好。

总 要 习 惯 一 个 人

生活不会轻易放弃谁，
日子还长，多的是快乐美好。

后记

谢谢你，做我平凡世界里的英雄

谢谢你们，喜欢着如此普通的我。

谢谢你们，做我平凡世界里的英雄。

和上一本书一样，当我写到最后一篇，当我知道讲给你们听的这一年的故事到这里就要收尾了，还是会有点难过，有点舍不得。但想想，新书的上市意味着很快又能和可爱的你们再次见面，就觉得所有的用心都值得。

全书的最后一篇文章，想要送给你们，

送给这几年来一直不曾离开的你们，

送给每一位到了我第一本书签售现场的你们，

送给不计成本、不辞辛苦来看我的你们，

也送给没能来到现场，但却一直在给予我陪伴和支持的你们。

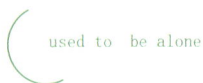

我不知道今年这本书的签售我还会不会去到你所在的城市，
不知道你还会不会来跟我完成这次一年后的碰面，
但，没关系，
我还有好多好多的故事说给你听，
而我相信，我们总会再见的。

每次跟别人提起你们，或者在书里写你们，
出现最多的字眼就是"感谢"，
因为好像真的没有别的词汇更能表达我的心情和感受。
但我也清楚地知道，
"谢谢"二字远不能道出我心底里对你们的感激和爱意。

这篇文章，写给 2017 年全国巡签中，我见到的每一个可爱
的你。
谢谢你，谢谢你，谢谢这一路，有你。

2017 年 6 月 3 日 北京

　　去年 6 月 3 日是一个对我来说特别重要的日子，我的第一本书《愿你迷路到我身旁》在北京首签。我一直都记得当时签售前我有多紧张，我担心没有人来现场，我担心大家第一次在声音之外的现实生活中相见会有些许尴尬，我担心你们会觉得我和你们在节目里听到的那个"蕊希"不太一样，我担心着好多问题。但，当我去到王府井书店，当我走进那个签售的空间，我才真的松了口气。大家齐声喊"蕊希"的时候，我真的快要哭了。

　　我一直都记得，那天来看我的粉丝从书店的地下二层一直排到六层，五个小时的时间里，队尾一直都在地下，真的辛苦你们了。六月的北京很闷很热，楼梯间封闭的环境让人喘不上气来，但我看到了那天每一位去到现场的粉丝都抱着一摞厚厚的书流着汗排队等我。很多人排了几个小时就为了见我一面，可走到我面前却腼腆又紧张地说不出话来。

　　那天，有粉丝从美国飞来，有粉丝买了火车站票只为见我一面，有粉丝听了我的节目三年，从我只有两百粉丝的时候一直听到现在，更有两位粉丝，一位从辽宁赶来，一位从湖南赶来，居然在签售会上彼此有了好感。

那天，有个摇滚歌手带着弹了七年的吉他来让我签名，

提笔签下去之前，我犹豫了好久，

我问他："这把吉他陪了你那么久，你确定要让我签吗？"

"我确定，快签快签，我要拿回去给我哥们看。"

那天有位带着宝宝来的妈妈，她说每天晚上都会给宝宝听我的声音，哄他入睡。以前总是哭闹不停，听了我说话之后，就总是很安静。

宝宝看着我，他并不知道他每天晚上睡前听到的声音其实就来自眼前的这个"怪阿姨"。真希望可爱的宝贝能健康快乐长大，

希望你无忧无虑，拥有好多开心和成长的惊喜。

那天，有个姐姐拄着拐杖来，

她很漂亮，笑起来很甜。

虽然行动不太方便，但依旧在拥挤的人群里和我说了很多话。

她告诉我，是我陪伴她走过了难熬的日子，谢谢我一直用声音陪在她身边。

欸，明明是我该谢谢你们，

因为有你们，我才感受了那么多那么多的快乐。

那天，首签结束后，那些因为我而相识见面的粉丝还组局吃了火锅。

他们拍照发给我看，每一个人，都笑得那么开心。

那一刻我觉得有你们真好，也真的高兴你们能因为我而成为要好的朋友。

235

2017 年 6 月 24 日 大连

　　6 月 24 日，全国巡签的第二场，回到了我的家乡大连。

　　虽然在我熟悉得不能再熟悉的地方，虽然经历了北京的"大场面"，但依旧紧张依旧激动。我一直在想要穿什么衣服，梳什么样的发型去见每一个为我而来的你。我想让你们见到你们熟悉的蕊希，也想让你们见到不太一样的蕊希。

　　那天，没有晴天，下雨，还挺大的，
　　可现场还是来了好多人，感动，也感恩。

那天，有人搭夜班飞机从伦敦赶来；有人从南方很远的城市赶来，签售完又要很快回去；有人带着自己的宝宝来；有父母替孩子来，有人在北京参加了我的签售，今天又来大连，明天还会去沈阳，还说要跟着我走完剩下的每一场签售，集齐所有的城市印章；还有人见到我的那一刻很紧张，一直在发抖，说不出一句话，最后看着我哭了，我也哭了。

我对每一个人都说了谢谢，是真的谢谢大家来看我。时间有限，坐在那里我不能跟你多聊上几句，不能听你多讲讲你的故事，甚至没来得及给那个有些紧张的你一个拥抱。那个为我奔波、为我辛苦的你，我不知道该如何回报。请你一定照顾好自己，也请你放心，我们还会再见面。

实际还有很多话想说，但不知道如何去说，我想陪伴我那么久的你，一定懂我吧。晚安每一座城市的每一个你，我会很快去到你身边，和你像老朋友一样，见一面。

我对一个抱着很多书的姑娘说了一句"谢谢你来，辛苦了"，她说"你也辛苦了"。
欸，我哪里辛苦，因为有你们，我明明很幸福。

那天，我记得有位为自己孩子来的母亲，女儿要准备中考没

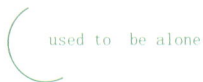

办法来，她就替女儿来看看我。我在书上写下姑娘的名字，祝愿
她能过上自己理想的生活，用自己喜欢的方式度过一生。

那天，有个粉丝从云南买站票过来，没吃没喝，特别辛苦，
见到我的时候她哭了，我看着她也哭了。

那天，因为在家乡，所以来了好多亲人和为了给我惊喜告诉
我有事来不了却出现在我面前的朋友。有你们真好，谢谢你们给
了成长中的我那么多的温暖和支撑。

2017 月 6 月 25 日 沈阳

　　大连场签售完就赶忙坐高铁去沈阳，在火车站碰到两个男生和我坐一趟车，去沈阳。两个男生高高瘦瘦的，但都很腼腆。

　　我说："我们拍张照吧，一会儿传给你们。"

　　他们给我看我刚在大连给他们在书上签的名和盖好的城市印章，说只要有时间，就会跟着我把全国我要去的每一座城市走完。

　　下车的时候已经很晚了，外面下着雨，

　　我看着他们在小雨中离开，心里有种说不出的滋味。

后来，他们真的陪我走过了几乎每一场签售，每次见到他们都会说后面别来了，太辛苦了。但他们还是会在每场签售的时候早早地去到现场，坐在第一排最明显的位置。

后来听说其中的一个男生，在签售过程中结识了我的一位女生粉丝，两个人就在一起了。真好，祝你们一直特别特别幸福地生活着。

在这里，我想对这两位，还有那些陪伴我走了好多个城市，陪我经历了好多场签售的粉丝说，谢谢你们！我真的非常幸运能有你们的陪伴和你们给我的温暖。

那天，粉丝钱佳慧还在现场组织粉丝为我合唱了一首《小幸运》，那是我第一次听见那么多粉丝唱这首歌，而且，只唱给我听。当时的视频现在一直存在我的手机里，偶尔会翻出来看看，就觉得自己什么都不怕了。那是我听过最好听的《小幸运》，那是我见过唱歌最好听的粉丝。我还记得那天小佳慧从另外一座城市赶来，因为还在读高中，所以有妈妈陪着，她亲手做了一个旋转木马给我，很漂亮，现在一直被我摆在我床边的桌上。

那天，签售现场的空调坏了，几个小时的时间，不断的人流。

谢谢你们愿意为了如此平凡而普通的我等待，

谢谢你们站在我面前时的问候和微笑。

2017 年 7 月 15 日 苏州

那时候距离我 24 岁生日刚刚过去一周，因为生日的时候我在美国，也没和大家一起过生日，几位粉丝就瞒着我和出版社的工作人员一起偷偷准备给我过生日。他们不知道我会喜欢什么样的蛋糕，就想办法联络我身边的人，问他们我的喜好，反复找图片确认要送我的蛋糕和礼物。每个人都用心准备，生怕被我提前察觉。

我一直被蒙在鼓里，直到签售开始，我听着苏州全场粉丝齐声为我唱生日歌，看见小鱼儿、夏七夕、莫小凡，还有其他几位粉丝推着蛋糕车从远处走来，我才意识到他们是在给我补过生日。在我过去的人生里，我和家人、朋友、恋人过过好多个生日，但却是第一次和我的听众、我的读者一起过生日。这对我来说永远难忘，永远意义非凡。我收到了二十多年来最多的祝福，也收到二十多年来最多的生日礼物。如今，你们送给我的每一份惊喜我都悉心珍藏，被我放在家里重要的地方。看到它们，就想起你们的爱和温暖。

那天，我还记得有个特别漂亮的女孩拎着一个超大的行李箱从韩国飞来，回程的机票时间很赶，她就拿着书和全场的粉丝商量让她第一个签，签完就要打车去机场。

　　那天，有个很年轻的姑娘从外地来，二十多个小时的火车，一路颠簸。她说她上个月还在接受化疗，实际现在不太适合长途跋涉，但为了见我一面，她还是涂了好看的口红，戴了假发，美美地站在我的面前。我给了她一个好久的拥抱，我是真的希望她能快点再快一点好起来，希望她坚强，希望她对自己和世界充满信心，希望她拥有好多的幸福和力量。

　　那天，有位白发苍苍的老奶奶踉跄地走过来问能不能插个队，她说她有点站不动了，只想看看我，让我给她签个名。

　　我何德何能被你们如此热烈而用心地爱着。
　　真希望我的声音能一直陪伴你们去往更远更精彩的将来。

2017 年 7 月 16 日　南京

　　前面提到的那个陪着我从北京一路走到南京的粉丝杨阳做了一个视频。他召集了全国各地的很多粉丝录视频给我，说他们听我的节目多久了，说他们会继续陪着我。

　　每场签售都会有意想不到的惊喜，他们总是瞒着我，再联合我身边的人为我准备这一切。后来那个视频我又看了好多次，每看一次都控制不住自己的眼泪。我总是感慨我真的太幸运了，能被这么多人真诚地喜爱着。

　　签售结束后我请几位听我节目很久，一直跟着我签售的老粉吃饭。经常在公众号上留言的小鱼儿、夏七夕、莫小凡，虽然见过很多次依旧会害羞。我们一起聊工作，一起聊生活，一起聊开心的、烦心的事，就觉得吃什么不重要，在哪里也不重要，和这样一群人在一起最重要。我们围坐一大圈，撸串聊天。那种开心的感受很少有，也很难得，我倍感珍惜。

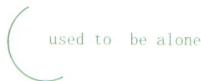

2017 年 7 月 22 日 深圳

深圳那个场地很大，来的粉丝特别多，后来回忆起来，应该是所有城市签售中来的粉丝最多的一场。和大家拍大合照，即使是长图也还有好多人没被拍到。

我记得有个男生走到我面前，什么都没说，手抖着把书翻开，我签完名冲他笑，对他说"谢谢你来"，然后他就看着我，哭了。我起身抱抱他，我知道他就是那个每天都会守在手机前听我说晚安的人，我知道他心里一定有苦难言，我知道我应该给了他些许的陪伴和力量。

他哭了，我也想哭。
好像站在我对面的这个人，就是我自己一样，
我们都是相同的人，有着相同的情感，
渴望怀抱，需要被治愈。

真好，我能陪着你。
真好，我在做一件能让人走出伤心的事情。
真好，我能见到每晚在听我说话的你们。

其实我知道，还有很多粉丝和他一样，可能因为时间太紧，

可能因为现场人太多，也可能是因为我太大大咧咧，我们一直都没能好好聊上几句，甚至没能听你介绍一下自己，就错过了。但，我真的感谢有你，感谢你们的付出和支持，感谢你们的用心和喜爱。我没能叫出你们的名字，但我会一直记得你们的样子。

2017 年 7 月 23 日 珠海

结束深圳签售的当天晚上，珠海那边刮台风，我怕第二天停船赶不过去，就连夜坐车去了珠海。本来以为天气恶劣现场人会很少。说实话也真的不想让大家顶着风雨那么辛苦地来，所以也没想太多，只是如约到达现场。但到了之后才发现，大家丝毫没有受到天气的影响，现场依然来了很多人，依然热情满满。

那天，你们作了首诗，派几个粉丝代表现场念给我听。
你们知道吗，那时候我就觉得你们真的好可爱好可爱。
你们的声音紧张得颤抖，你们的眼神认真地望向我，
那是我听过最美妙的诗歌，也是我能想象到的最美好的画面。
谢谢你们。

南方的男孩女孩是那种很温暖宁静的性格，想跟我合照都会在下面徘徊很久，然后特别不好意思地问我能不能照张相，拍完之后也总是连忙说谢谢。其实，你们知道吗，更应该说谢谢的是我才对，是我谢谢你们为我而来，谢谢你们对我风雨无阻的爱。

2017 年 8 月 4 日 西安

　　8 月的西安很热，我在大街上走三五分钟衣服基本就湿透了。那天，现场来的粉丝挤在一起，真是让我感受了一回西北人民的热情。我一直都记得那天现场的气氛特别热烈，我刚一进场，你们就齐声大喊我的名字："蕊希，蕊希，蕊希……"真感动啊！完全被你们的热情征服了！

　　那天，西安的你们为我做了几面照片墙，上面有我之前几场签售的照片，我们一起举着那些照片，你们就坐在我身边，离我好近。真幸福啊！

那天，有一个女孩说她是帮她同学签的，她同学跑到北京的签售会时因为人太多，没有签到，说如果西安再签不到，就打算让另一个同学在成都签售会排队。想想自己也不是什么明星，怎么也会被你们这么真挚地喜欢着。真幸运啊！

那天，还有一位妈妈带着自己的孩子从外地赶来，笑着和我说她丈夫以为她出差去了，肯定想不到她来见我了。那天室内温度很高，很多粉丝都买了小电风扇、冰镇饮料等签售的时候拿给我，也有粉丝贴心地买来防暑药，怕我签太久太热会中暑病倒。其实，那天是真的挺热挺辛苦的，但我必须对得起你们的喜欢和为我而来的付出，再累都值得，特别值得！

2017 年 8 月 5 日 成都

西安签售结束就坐飞机去成都，因为飞机晚点，到成都后已经很晚了。出机场后发现一个特别可爱的女孩和一个捧着一大束鲜花的男孩在等我，他们不知道我的飞机几点降落，于是下午就到了机场，一直等到凌晨。他们一直连声跟我说："一点都不辛苦，不累，能见到你，我们就觉得特别满足。"那个女孩还给了我几袋她自己做的麻辣牛肉，我在回酒店的路上就开始吃了，虽然真的很辣，但也真的很香很美味。

第二天的签售，印象特别深，那天现场氛围棒极了，所有人的手上都带着橙色的丝带，因为那是《愿你迷路到我身旁》的颜色。

一个叫真真的女孩主持了那场签售，
拿着手卡，读着用心写的词，
很认真，那样子美极了。

我手机里一直存着一个特别重要的视频，就是那天录的，一位男生弹着吉他伴奏，全场粉丝齐声合唱《成都》。在那之前，这首歌我听过很多个版本很多种演绎，但那天的那首是我听过的最棒的一首，真的太好听了。听成都人唱《成都》，那感觉是无法用言语形容的幸福。他们说，欢迎我来成都，欢迎我再来成都。

他们笑着，我却哭了。

很喜欢四川人，很喜欢这群成都的粉丝和伙伴。
谢谢你们给我唱歌，谢谢你们给我留下了那么美好的回忆。

2017 年 8 月 6 日 重庆

记得特别清楚，那天现场的所有粉丝穿了一样的衣服，上面写着我的名字。重庆的签售场地在书店的一楼，大门口，挨着室外，没有空调。满满一层的人，我的心完全被你们的热情攻占了。

那天收到了你们的好多礼物，每一样我都特别喜欢。

我知道你们为了准备这些礼物花了好多的心思，也知道你们对我的爱都在用这些大大小小的惊喜表达。

虽然那天很热，但我还是认真地签完你们递来的每一本书，认真地写下你们的名字和对你们的祝福。我知道，你们手中的那一本只是我签过的书中的一本，但却是你们辛苦地等来的唯一而最重要的一本。

谢谢你们。

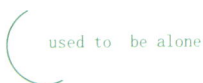

2017 年 8 月 11 日—2017 年 8 月 12 日　广州

一直都知道，我在广州的粉丝最多，加上在广州上了四年大学，所以对广州的感情很深。一直记得，有个叫雨欣的女孩和几个男孩在机场等了我一天，广州机场很大，他们怕错过我，连饭都没来得及吃，分别在几个出口等我。

见到我的时候，他们开了视频，让我和在群里等着见我的小伙伴们打招呼，他们都等了我一整个晚上。以前到机场都是自己一个人提着行李往外走，哪里会有人接机，没想到这一次会有你们来接我。真的，感动。也真的，辛苦你们了。现在提起这些事情依旧历历在目，但其实也过了将近一年了。

前不久知道了雨欣的好消息，她和异国恋的男友准备结婚了，真替他们高兴，希望他们一直幸福下去。

我知道很多人是因为情感受挫，因为失恋因为孤独才来听我的节目，我曾陪你们度过了一段或长或短的灰暗艰难的时光，但让人欣慰的是，我们所有的人终会痊愈，会好起来，会重新相信爱情相信自己，也会重拾对爱的信心，找到自己真正的归宿和幸福。

那天，广州的粉丝做了很特别的视频，视频很长，我几乎从头哭到尾。因为之前的签售基本每场都会被大家感动到哭，我还记得那天我又说最后几场了，倒数了，不想再掉眼泪了，结果没想到还是被大家感动到一塌糊涂。

那天，你们跑到我本科读书的暨南大学录了视频，走过我曾经上学的路，去图书馆的路，在操场上跑步的路，你们在我大学校园里的好多个地方录下视频，每位粉丝一个点，然后就这样带我重新走了一次我的母校。还记得那两天在广州我还在念叨着，这次没时间回学校了，大学毕业之后一直没机会回去看看，这次离得这么近还是没空回去转转。没想到，你们却用这样独特的方式带我重新在母校逛了一圈。真的特别感动，真的谢谢你们的用心。

那天，你们还找到了我很久很久以前的照片，给我做了一个好长好棒的视频相册，里面有很多照片和画面连我自己都记不清了，竟然被你们知道和珍藏。

感恩有你们，感恩有你们陪伴着我走过青涩幼稚的时光，给了我那么多坚持下去的信念和力量。

2017 年 8 月 19 日 上海

上海书展的场地很大，来了特别多粉丝，我在现场听到了两个特别高兴的故事。

在我签售的过程中，有很多粉丝因为我而相识，因为我成为朋友，还有单身的男孩女孩互相了解后决定走到一起，开始一段新的感情。真替你们开心，真希望你们能一直彼此陪伴，产生越来越深的联结。

有个男粉丝我记得他的样子，记得他的神情，记得他迷人的笑和温柔的声音，却没来得及问他的名字。他跟着我走了好多个城市，每一场都默默的，也不声张。他没有告诉我他跟着我走了很多地方，也没多和我说上几句话，直到我翻开他的书注意到他已经集齐了我前面场次所有的签章，才发现，他一直都在。

我们都一样，都对人生有过怀疑，也对爱情感到过失望，我们都对生活里那些让人无奈的事情难过，我们质疑真心是否还能遇见真心，爱情是否依然存在。但好在，我们都坚定地相信着，相信自己值得被爱，相信前路有真爱。

上海的粉丝们话不多，但都温柔爱笑。

那天有好几位粉丝上台，虽然只是短暂地聊聊天，虽然只是

短暂地拥抱，但，我认真地记住了你们每个人的脸庞，也记住了
你们的故事和每晚睡前等我的认真。

2017 年 9 月 16 日 武汉

　　全国巡签的倒数第二场，初秋。我听武汉的粉丝说，后面签售的城市的粉丝们其实都很苦恼，因为前面城市的粉丝准备的惊喜他们都不能再用同样的方式了，于是琢磨着还有什么新的花样能让我开心，让我记住这座城市，和来看我的他们。

　　其实，哪里需要那么多特别的惊喜，你们愿意来到现场看我，能和你们见面，能跟你们点头微笑，握手拥抱，对我来说就已经是最棒的事情了。

　　但那天，我还是特别感动，你们为我准备的惊喜我真的没想到，也真的打心底里喜欢。

　　还记得我刚开始做这档节目时的那段开场白吗？
　　"你也和我一样，想念明天吗？为不曾想的遇见，为未可知的约定，为小小梦想的时间，为在那转角处安静守候的可爱少年。你有故事吗？你想要听故事吗？那就带着一点点城市的余温，忘记月光，忘记烟火，有些故事，只适合，一个人听。"

　　我进场，全场粉丝齐声背出了这段开场白。
　　想哭，很意外。

谢谢你们喜欢这段话，谢谢你们记住了这段话，
谢谢你们用你们的方式让我感受到了这段最动听的话。

2017 年 9 年 17 日 长沙

　　长沙站，全国巡签的最后一场，很舍不得，说不出来的心情，还是哭了。

　　我哭的样子，应该很丑吧。

　　一直都很喜欢湖南人，很直爽也很热情。

　　特别喜欢那天的场地，感觉让我们所有人都离得好近。

　　那天我在台上说了好多话，应该算是签售下来说得最多也最久的一场，一边说一边掉眼泪。

　　我问你们，如果明年还来长沙签售，你们还会来看我吗？

　　你们特别大声地齐声说："会！"

　　你们特别大声地齐声说："蕊希，我们爱你！"

　　嗯，今年，一定还去，希望还能见到你们。

　　希望你们都变成了比去年更好的样子，希望，我也一样。

　　我爱你们。

　　北京、大连、沈阳、苏州、南京、深圳、珠海、西安、成都、重庆、广州、上海、武汉、长沙。

三个月的时间，全国十四座城市。

写到这里，内心感慨连连。

看着所有的照片，翻出所有的视频，

画面呈现在眼前，脑海中思绪万千。

全书的最后一篇，送给我和你们的，那年夏天。

感动，感恩，甚至不知所言。

去年，时间有限，没能去更多的城市和更多可爱的你们见上

一面，

今年，我期待着能踏上更多土地，努力地抵达你的身边。

写完这篇文章，发现时间过得真快，就这样，转眼间又是一年。

无论我们还能不能再次见面，我都感谢曾经你来到我的身边，

陪伴我，给我温暖和关爱。

谨以此文献给每一位去年签售为我前来的你，

献给我们的遇见，和我们彼此不变的心心念念。

谨以此文献给每一位还没来得及见到的你，

献给我们的素未谋面，和我们彼此坚定的信念。

此书即将完结，很快，便能再见。

今年，我会去到你的城市，希望你，还会来到我的身边。

让我们用力地看看彼此的变化和在我们身上显现出的这

一年。

最后，我要特别感谢两个人，子玉和娄超。

谢谢你们在整个签售过程中为我付出的一切，

谢谢你们的耐心，谢谢你们的努力，

感谢有你们。

谢谢每一位出版社的老师对我的帮助和关爱，谢谢给我的力

量，谢谢你们与我一起见证它的诞生与成长。

也谢谢所有的家人、师长和伙伴，

谢谢你们给我的帮扶和陪伴。

感恩一切，感恩有你们。

谢谢每一位可爱的你。

人生就是这样啊，没那么多的两情相悦，
也没那么多的久别重逢。
多的是，爱而不得和再也无法从头来过。

愿你我都能成为那种，一旦认定了什么，内心就无比坚定的人。
愿我们都能在那份坚定中，不计较得失后果，
只是踏踏实实地向着你认准的方向，步履坚定地前进。

总要习惯一个人

Used to be alone

图书在版编目（CIP）数据

总要习惯一个人 / 蕊希著 . — 长沙：湖南文艺出
版社，2018.8
ISBN 978-7-5404-8767-6

Ⅰ . ①总… Ⅱ . ①蕊… Ⅲ . ①故事—作品集—中国—
当代 Ⅳ . ① I247.81

中国版本图书馆 CIP 数据核字（2018）第 135888 号

上架建议：畅销·青春文学

ZONG YAO XIGUAN YI GE REN
总要习惯一个人

作　　者：蕊　希
出 版 人：曾赛丰
责任编辑：薛　健　　刘诗哲
监　　制：蔡明菲　　邢越超
策划编辑：李彩萍　　蒋淑敏
特约编辑：姚长杰
营销支持：吴　思　　霍　静　　张锦涵
封面设计：潘雪琴
版式设计：利　锐
封面摄影：二中兄
出版发行：湖南文艺出版社
　　　　　（长沙市雨花区东二环一段 508 号　邮编：410014）
网　　址：www.hnwy.net
印　　刷：北京市雅迪彩色印刷有限公司
经　　销：新华书店
开　　本：880mm×1270mm　1/32
字　　数：139 千字
印　　张：9
版　　次：2018 年 8 月第 1 版
印　　次：2018 年 8 月第 1 次印刷
书　　号：ISBN 978-7-5404-8767-6
定　　价：49.80 元

若有质量问题，请致电质量监督电话：010-59096394
团购电话：010-59320018